AF403994

JOURNAL ASIATIQUE

OU

RECUEIL DE MÉMOIRES

D'EXTRAITS ET DE NOTICES

RELATIFS À L'HISTOIRE, À LA PHILOSOPHIE, AUX LANGUES

ET À LA LITTÉRATURE DES PEUPLES ORIENTAUX

YAKṢÁ

PAR

M. A.-M. BOYER

(EXTRAIT DU NUMÉRO DE MAI-JUIN 1906)

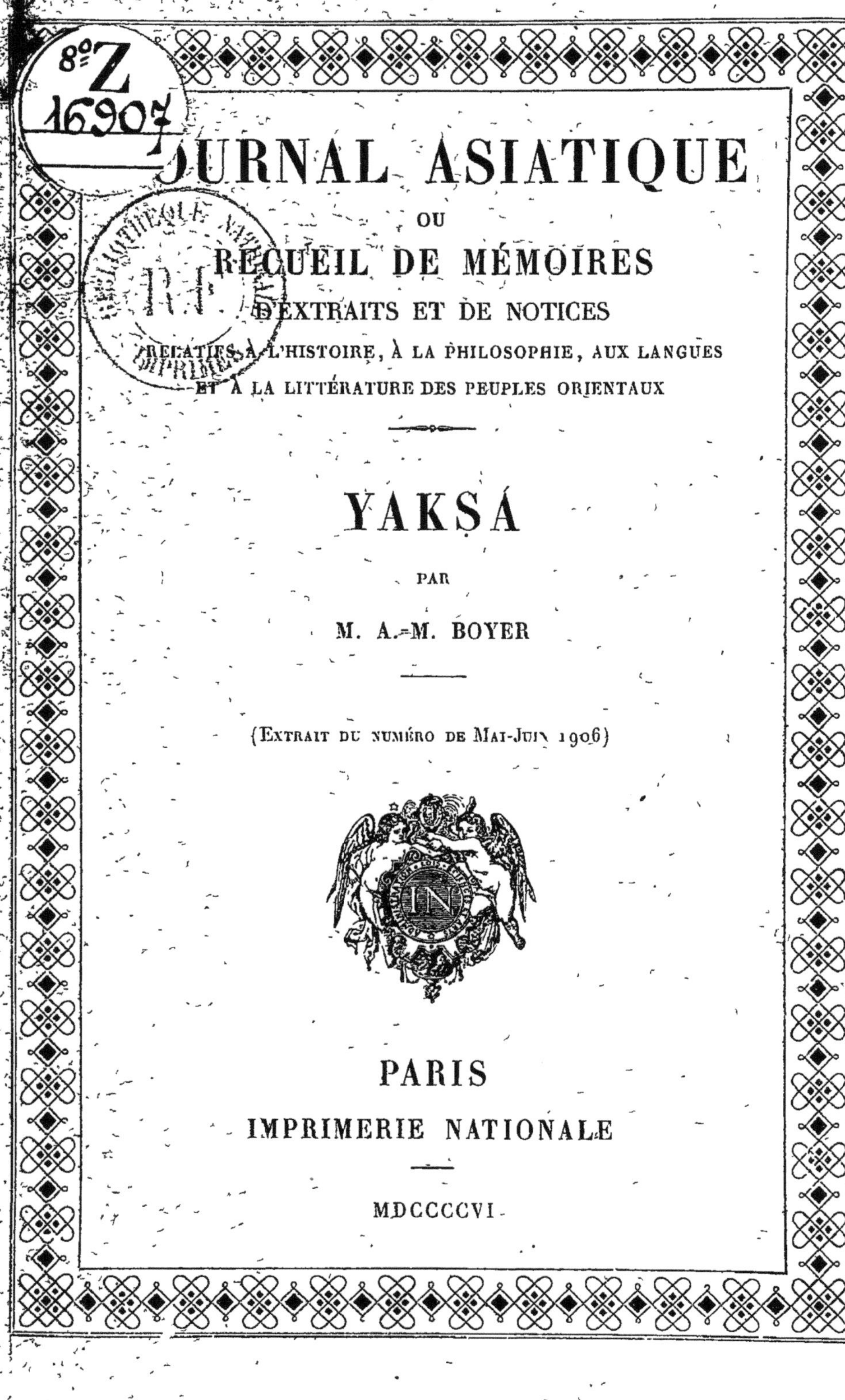

PARIS

IMPRIMERIE NATIONALE

MDCCCCVI

YAKṢÁ

YAKṢÁ

PAR

M. A.-M. BOYER

EXTRAIT DU JOURNAL ASIATIQUE

(Mai-Juin 1906)

PARIS

IMPRIMERIE NATIONALE

MDCCCCVI

YAKṢÁ.

M. Geldner a consacré à l'étude de ce terme un des articles des *Vedische Studien*, III, p. 126-143. On trouvera là, p. 143, l'énumération des sens qu'il lui a assignés, et je la reproduis en note[1]. Je crois, pour ma part, que *yakṣá* exprime simplement une forme (visible de fait ou conçue comme telle) propre à étonner le regard, et que son interprétation, suivant l'occurrence, par « fantôme », « apparition », « apparition merveilleuse », « forme merveilleuse », « merveille », explique au mieux les textes et suffit à tous les cas[2]. Parce que, au contraire, le sens d'hom-

---

[1] 1. – *a.* Erstaunen, Verwunderung, Neugierde. – *b.* Wunder, Rätsel. — 2. Wunder, Kunststück, Zauber. – *a.* Hexerei, Zauberei. – *b.* Verzauberung, Verwandlung. – *c.* Gaukelei, Blendwerk, Illusion. – *d.* Wunderkraft, Wunderkur, Heilzauber. — 3. Gegenstand der Bewunderung oder Neugierde, Kuriosität. – *a.* Wundertier. – *b.* Schaustück, Fest (vulgo Zauber). – *c.* Naturwunder, wie grosse Bäume u. s. w.

[2] *Yakṣá,* dans le sens de « fantôme », signifie le fantôme pris soit absolument, soit relativement à un possesseur : le fantôme de. De même *yakṣá* est employé dans le sens de « forme merveilleuse » absolument ou avec un génitif. Dans le premier cas, il signifie une forme merveilleuse prise concrètement, c'est-à-dire un objet en tant qu'offrant (ou imaginé comme offrant) au regard une forme merveilleuse : « forme merveilleuse » est alors équivalent à « merveille », au sens où j'entends ici ce mot (avec toutefois l'avantage

mage et les autres connexes à celui-là ne conviennent
pas à tous les cas, et qu'il serait, d'autre part, gratuit
de supposer un second terme homonyme d'un premier qui à lui seul suffit, je repousse dans sa
totalité, comme on l'a déjà fait d'ailleurs, l'interprétation indigène, bien que ses gloses puissent de fait
s'adapter à notre terme dans certains passages védiques, et que le qualificatif *yákṣya*, en particulier,
qui lui est peut-être apparenté et sur lequel je reviendrai, donne lieu, en faveur du sens admis par
le commentaire, à des rapprochements comme, à
côté de *hótā pāvaka yákṣyaḥ* (Ṛ. V., VIII, 49 [60],
3) : *agníḥ pāvaká ídyaḥ* (III, 27, 4), *śúciḥ pāvaká
ídyaḥ* (VII, 15, 10), *śúciḥ pāvaka vándyaḥ* (II, 7, 4).

J'essaierai de justifier dans une revue des textes
ce que j'ai dit du sens de *yakṣá*.

Ṛ. V., IV, 3, 13.

*má kásya yakṣám sádam id dhuró gā
má veśásya praminató mápéḥ |
má bhrátur agne ánṛjor ṛṇám ver
má sákhyur dákṣam ripór bhujema ‖*

Que les Āryas de l'Inde redoutassent le retour des

d'exprimer mieux la relation de l'objet au regard). Dans le second
cas, il signifie la forme merveilleuse par laquelle un être se manifeste (ou est supposé se manifester) à la vue. Ce second cas ne se
présentera que dans Śat. Br., XI, 2, 3, 5 : *bráhmaṇo mahatí yakṣé*,
à côté du reste du premier : *yakṣám bhavati*.

morts, eussent-ils été parents ou amis, est indiqué
par les précautions contre ce retour que sont certaines
observances funéraires, effacement de la trace des
pas sur la route suivie par la marche funèbre, pose
d'une pierre sur ce même chemin, etc., rites qui ont
bien sans doute pour but d'empêcher la mort de
poursuivre les vivants, mais la mort concrétée dans
le défunt, en qui elle s'est, pour ainsi dire, incarnée.
D'autre part on connaît le rôle d'Agni comme dé-
fenseur contre les génies nuisibles (dans cet hymne
même, au vers suivant, on l'invite à tuer le Rakṣas :
jahi rákṣaḥ etc.), et sa protection n'est pas moins
efficace, sans doute, contre les revenants. Il est donc
naturel qu'il lui soit demandé d'écarter tout fantôme,
fût-ce celui d'un ami. C'est le sens que me paraît
présenter notre texte.

Je vois avec Roth un adverbe dans *hurás*. Admet-
tant sa dérivation de *hvar*, je lui reconnais le sens
de « sinueusement », « tortueusement ». M. Oldenberg, traduisant le vers en question, a semblable-
ment adopté pour rendre ce terme « on a crooked
way[1] ». Le sens de notre premier pāda sera donc
qu'Agni ne doit jamais aller en ligne sinueuse à
n'importe quel fantôme, ce qui veut dire qu'il doit
lui courir sus tout droit. Je traduis :

Ne va jamais par voie sinueuse au fantôme de qui que ce
soit, ni d'un voisin travaillant à nous perdre ni d'un ami.
Ne (nous) réclame pas, ô Agni, la dette d'un frère fourbe;

---

[1] *Vedic Hymns*, à l'index et p. 326. *Yakṣá* est rendu par « spirit ».

que nous n'ayons pas à souffrir de l'adresse d'un compagnon trompeur!

R. V., V, 70, 4.

mā́ kásyādbhutakratū
yakṣáṃ bhujemā tanū́bhiḥ |
mā́ śéṣasā mā́ tánasā ‖

Ce vers est une prière à Mitra et Varuṇa, et je le crois encore inspiré par la crainte des revenants et du mal qu'ils peuvent causer. M. Oldenberg a proposé pour le quatrième pāda du vers précédemment étudié une correction que je n'ai pas cru devoir admettre, et suivant laquelle *dákṣa* se trouve changé en *yakṣá*[1]. Il traduit alors : « May we not have to suffer under the spirit which avenges », etc. C'est bien du moins dans un pareil sens qu'il faut entendre ici la relation de *bhuj* et de *yakṣá*. Je traduis :

Que nous n'ayons à souffrir, ô merveilleusement sages, de la part du fantôme de qui que ce soit, ni par nous-mêmes, ni dans ceux que nous laisserons après nous, ni dans notre postérité!

R. V., VII, 61, 5.

ámūrā víśvā vṛṣaṇāv imā́ vāṃ
ná yā́su citrám dádṛśe ná yakṣám |
drúhaḥ sacante ánṛtā jánānāṃ
ná vāṃ niṇyány acíte abhūvan ‖

Comme le précédent, ce vers est adressé à Mitra et Varuṇa.

---

[1] *Vedic Hymns,* p. 335.

Bien que le padapāṭha interprète *ámūrā* et *víśvā* comme duels, je crois plus probable qu'ils se rapportent au même objet que *imā́ḥ*. Du reste ce point est secondaire dans la question qui nous occupe. Quant à l'objet auquel se rapporte *imā́ḥ*, et ceci est pour nous capital, je ne puis le regarder avec Sāyaṇa comme n'étant pas formellement exprimé dans le vers : *drúhaḥ* semble trop indiqué par le texte lui-même. Ces Druhs, comme il est dit au troisième-pāda, suivent les iniquités des hommes; mais, de fait, leur marche est invisible, elles ne se manifestent sous aucune forme, qu'il s'agisse d'une forme brillante ou même de celle plus obscure d'un fantôme; c'est ce qu'exprime le second pāda. Je traduirai donc, en accord pour le sens général avec Bergaigne (*Religion védique*, III, p. 193) :

Toutes ces avisées, vos Druhs, ô mâles, en qui n'apparaît ni forme brillante ni fantôme, suivent les iniquités des hommes; les choses secrètes ne vous sont pas demeurées inconnues.

Ṛ. V., X, 88, 13.

vaiśvānarám kaváyo yajñíyāsó
'gním devā́ ajanayann ajuryám |
nákṣatram pratnám áminac cariṣṇú
yakṣásyádhyakṣaṃ taviṣám bṛhántam ||

L'astre en question est clairement le soleil, qui est une des formes d'Agni. Cet astre est ici qualifié de *yakṣásyádhyakṣaḥ*, surveillant du *yakṣá*. Sans recourir à ce fait que le soleil est une forme d'Agni, d'où nous ne pouvons conclure à priori qu'il ait comme celui-ci pouvoir contre les démons et génies malfaisants, nous savons par des textes positifs qu'il possède réellement cette puissance. C'est ainsi qu'il est dit, A. V., VIII, 6, que dans sa révolution il les fait disparaître comme l'ombre (8)[1]; qu'ils ne lui résistent pas, alors qu'il émet du ciel ses rayons brûlants (12)[2]; et se glissent loin de lui, comme la bru loin de son beau-père (24)[3]. Et nous pouvons bien croire que cette même puissance du soleil s'étendait encore aux fantômes, qui d'ailleurs ont toujours préféré la nuit. Ceci posé, nous ne serons pas surpris que le soleil qui est célébré comme voyant toutes choses, qui embrasse du regard toutes les races (Ṛ. V., VII, 60, 3)[4] et épie tout le monde mobile (IV, 13, 3)[5], ait, suivant le sens du terme *ádhyakṣa*, l'œil sur les fantômes, pour réprimer leur apparition et leurs entreprises tout le jour. Prenant ici *yakṣá* au sens collectif, je traduis :

Les sages adorables, les dieux ont fait Agni Vaiśvānara naître l'impérissable, l'astre antique qui ne s'épuise pas, qui marche, haut et puissant surveillant du monde des fantômes.

---

[1] *chāyā́m iva prá táni sū́ryaḥ parikrā́mann anīnaśat.*
[2] *yé sū́ryaṃ ná titikṣanta ātápantam amúṃ diváḥ.*
[3] *yé sū́ryāt parisárpanti snuṣéva śváśurād ádhi.*
[4] *sáṃ yó yūthéva jánimāni cáṣṭe.*
[5] *spáśaṃ víśvasya jágataḥ.*

R̥. V., I, 190, 4.

*asyá ślóko divíyate pr̥thivyā́m
átyo ná yaṃsad yakṣabhŕ̥d vícetāḥ |
mr̥gā́ṇāṃ ná hetáyo yánti cemá̄
br̥haspáter áhimāyāň abhí dyū́n ||*

Quelques remarques d'abord, relatives au sens de
ce texte.

Il y est question du śloka, du chant de Br̥haspati,
et l'idée de ce śloka commande tout le vers.

Il faut donc comprendre *ślokaṃ yaṃsat*, le premier
de ces deux termes étant sous-entendu. Cette interprétation est du reste confirmée par ce qui est dit
au vers précédent : *ślókaṃ yaṃsaṭ savitéva prá bāhú.*
En ceci je suis d'accord avec M. Geldner (*op. cit.*,
p. 137).

De même *mr̥gā́ṇāṃ ná hetáyaḥ* se rapporte au
śloka. « (Son chant est) comme les javelines destinées
aux bêtes ». Pour l'assimilation de la parole de Br̥has-
pati à une arme de jet, comparer II, 24, 8 :
« De ce contemplateur des hommes les flèches ont
la vue juste[1] avec lesquelles il tire, qui ont pour
place l'oreille ». *Mr̥gā́ṇāṃ ná hetáyaḥ* forme une
proposition détachée; on peut comparer celles du

---

[1] Littéralement «sont justes pour voir», en liant *dr̥śáye* à *sādhvíḥ*.
Les trois derniers termes du demi-vers, *nr̥cákṣaso dr̥śáye kárṇayonayaḥ*, sont ainsi rapportés respectivement aux trois premiers,
tásya sādhvír iṣavaḥ. Kárṇayonayaḥ contient un jeu de mots sans
doute intentionnel : *śrotrendriyeṇa grāhyā mantrabhūtā ākarṇakr̥ṣṭā
vā bāṇāḥ* (Sāy.).

même genre de I, 65, 6 : *átyo nä́jman sárgaprataktaḥ sindhur ná kṣódaḥ ká im varāte.*

Relativement à la comparaison *átyo ná*, M. Geldner me semble avoir établi de la façon la plus probable qu'elle vise le hennissement du cheval (*ibid.*). Du reste le Seigneur de la prière est lui-même appelé dans un passage (X, 53, 9) *étaśa*. Mais, par contre, je ne suis pas convaincu par l'explication que le même savant a donnée de *abhí dyún* (o. c., p. 138). Le commentaire du Taitt. Brāh. sur Ṛ. V., I, 33, 11, reproduit dans II, 8, 3, 4 dudit brāhmaṇa, glose : *abhí dyún pratidinam*. De fait *abhí* est une des prépositions auxquelles Pāṇini reconnaît une valeur distributive (I, 4, 91). L'expression *abhí dyún* prend ainsi place à côté de *ánu dyún*, avec une signification analogue. Que dans le texte du Ṛg Veda en dernier lieu allégué, savoir I, 33, 11, la valeur de « jour » ne puisse convenir à *dyún*, ainsi que le veut M. Geldner, c'est ce qu'il me paraît difficile d'admettre. Ce texte dit : « Conformément à son propre pouvoir les eaux coulèrent, il s'accrut au milieu des (eaux devenues) navigables; avec un cœur propice Indra, d'un coup très vigoureux, le frappa chaque jour[1]. » Celui qu'Indra a frappé est sans doute le Dasyu dont il est question dans ce qui précède : cf. vers 4, 7, 9. Si Indra peut, d'après un autre passage,

---

[1]
ánu svadhā́m akṣarann ā́po asyá-
vardhata mádhya ā́ nāvyā̀nām |
sadhrī́cīnena mánasā tám índra
ójiṣṭhena hármaṇāhann abhí dyún ||

conquérir chaque jour les eaux : *vr̥sapatnīr apó jayā divé-dive* (VIII, 15, 6), pourquoi ne pourrait-il pas frapper le Dasyu chaque jour ?

Interprétant de la même façon *abhi dyū́n* dans le vers qui nous occupe, je traduis finalement ce dernier :

Son chant va impétueusement au ciel et sur la terre; comme un cheval qu'il (l')allonge[1], le sage qui porte une forme merveilleuse; on dirait des javelines destinées aux bêtes, et ces (javelines) de Br̥haspati s'en vont à qui a des prestiges d'Ahi, chaque jour.

Je dois maintenant justifier l'interprétation donnée de *yakṣabhŕ̥t* dans cette traduction.

Il ne saurait être ici question des richesses que porte comme son bien (*bharate*) Br̥haspati (cf. II, 24, 9; 13). Ce trait semble assez banal, et lui est si peu particulier qu'il est attribué en termes exclusifs à Indra[2]. Il ne semble donc pas que nous ayons là, à l'égard de Br̥haspati, la matière d'une épithète aussi spéciale que *yakṣabhŕ̥t*. Ce qui est particulier à ce dieu, c'est d'être le Seigneur de la prière, la prière est sa fonction propre, et c'est elle aussi qui constitue la forme merveilleuse dont notre vers le fait porteur.

On sait que les poètes du R̥g Veda ont souvent parlé de l'éclat brillant de la prière[3]. Particulièrement intéressants sont, dans cet ordre d'idée, les

---

[1] C'est-à-dire : « qu'il prolonge son chant, comme un cheval son hennissement ! »

[2] *éko dhánā bharate ápratītaḥ* (V, 32, 9).

[3] Voir les textes indiqués par Bergaigne, *Rel. Véd.*, I, p. 285.

textes relatifs à Brhaspati, qu'il s'agisse de la prière même de ce dieu, ou de celle qu'il inspire ou qui se rapporte à lui. Je ferai d'abord remarquer qu'un passage déjà cité (vers 3) du présent hymne met en regard le śloka de ce dieu et les bras de Savitar : « Qu'il allonge son chant comme Savitar ses bras. » Or les bras de Savitar (comme autres choses encore en son personnage) sont d'or : « Ses grands bras d'or déployés ont atteint en s'élevant les extrémités du ciel » (VII, 45, 2, cf. VI, 71, 1; 5); et leur mise en regard du chant de Brhaspati ne peut déjà que favoriser l'opinion qu'on considérait ce chant comme une forme brillante. Voici des témoignages plus précis.

« Brhaspati, dès que né d'une grande lumière dans le ciel suprême, dieu aux sept bouches, né puissant, par son bruit, dieu aux sept rayons, dispersa les ténèbres » (IV, 50, 4)[1]. Les sept rayons correspondent naturellement aux sept bouches : le bruit mentionné indique qu'ils sont les prières. Bergaigne (*Quarante hymnes du R. V.*, p. 89) traduit *saptáraśmiḥ* par « à sept rênes », avec la note « pour conduire les sept prières » (n. 14). Cela est sans doute, vu le sens propre du mot *raśmi*, un second sens entendu par le poète; je ne crois pas que ce soit le sens obvie. Employé dans un texte qui parle de la dis-

---

[1]
bṛhaspátiḥ prathamáṃ jáyamāno
mahó jyótiṣaḥ paramé vyòman |
saptásyas tuvijātó rávena
vi saptáraśmir adhamat támāṃsi ||

persion des ténèbres le mot semble porter, comme sens direct, celui de rayon.

« L'adorable des demeures à la brillante clameur, invoquons l'inviolable Brhaspati » (VII, 97, 5)[1].

« Aspergeant de douce liqueur la matrice du *rta*, jetant du haut du ciel, lui chantre, comme un brandon, Brhaspati, arrachant de la pierre les vaches, a, pour ainsi dire, fendu avec l'eau la peau de la terre » (X, 68, 4)[2]. Cette chose qui rappelle un brandon, jetée qu'elle est par le chantre, ne peut être que son hymne. Il est vrai que *arká* possède dans le Rg Veda d'autres sens que celui de « chant » et de « chantre » : car, en ce qui concerne la valeur de ce mot, je crois trop exclusive l'opinion de Bergaigne[3], combattue d'ailleurs avec succès par M. Pischel[4], dont cependant je ne puis adopter dans tous ses points l'interprétation en ce qui concerne les textes par lui cités à ce sujet. Mais bien que *arká* se rencontre dans les hymnes avec le sens de « lumière » ou même peut-être de « soleil », il n'est guère

[1]
súcikrandam yajatám pastyánãm
bŕhaspátim anarvãṇam huvema ‖

[2]
āpruṣāyán mádhuna ṛtásya yónim
avakṣipánn arká ulkãm iva dyóḥ |
bŕhaspátir uddhárann áśmano gã
bhū̆myā udnéva ví tvácaṃ bibheda ‖

[3] Bergaigne, après avoir dénié à *arká* toute autre signification que celle d'«hymne» et de «chantre» (*Rel. Véd.*, I, p. 279, n.), ne lui reconnaît plus que celle d'«hymne» dans *J. A.*, 1884, II, p. 194.

[4] *Ved. Stud.*, I, p. 23 et suiv.

possible de lui reconnaître une pareille valeur dans
le vers en question : la lumière, en effet, descend du
ciel, mais ne jette rien de là qui soit météore ou
étincelle; le soleil jette du ciel sa clarté, mais l'assimilation serait peu louangeuse, qui la ferait météore
ou brandon; tandis qu'il y a toute raison d'admettre,
par contre, que le Seigneur de la prière émette sous
forme ignée son hymne, puisque la prière, ainsi que
je le rappelais plus haut, est souvent conçue comme
objet brillant.

Au surplus ce même hymne X, 68, évoque un
peu plus loin, vers 6, en termes explicites l'image
du feu pour qualifier les chants de Bṛhaspati :
« Lorsque Bṛhaspati eut fendu avec des hymnes ar-
dents comme Agni le gîte de Vala qui éclatait en in-
sultes, et qu'il dévora (son adversaire) étreint par sa
langue (c.-à-d. par les hymnes chantés par sa langue)
comme par des dents, il fit apparaître les trésors de
rouges [1]. » Le sens d'hymne donné ici à *arká* se justifie
par la comparaison avec les passages suivants relatifs
au même exploit du même dieu : « Il fit sortir les
vaches, il fendit par la prière (*bráhmaṇā*) Vala »
(II, 24, 3). « Lui, avec la troupe aux bonnes lou-
anges, lui, avec la troupe qui chante des vers,-il a
brisé Vala, le réservoir, par son bruit (*rávena*) »
(IV, 50, 5).

yadā́ valásya pī́yato jásuṃ bhéd
bṛ́haspátir agnitápobhir arkaíḥ |
dadbhír ná jihvā́ párivíṣṭam ā́dad
āvír nidhī́ṅ akṛṇod usríyāṇām ||

Je dois ajouter ici une observation au sujet du vers 9 du même hymne X, 68. Il y est dit de Brhaspati : *sóṣām avindat sá sváḥ só agním só arkéṇa vi babādhe támāṃsi.* M. Pischel (*Ved. St.*, I, p. 26) nie que, dans ce texte, *arká* ait le sens d'hymne, et le ramène au sens de lumière. Je ne puis, pour ma part, me ranger à cet avis. De même que la nature d'Agni est d'agir par sa lumière ardente, celle de Brhaspati, qui est le Seigneur de la prière, est d'agir par l'hymne. Et dans le fait, c'est couramment par la prière que nous voyons Brhaspati accomplir ses œuvres. Nous en avons eu à l'instant des exemples. J'ai également parlé plus haut des richesses de ce dieu : mais c'est par la prière *matt* (II, 24, 9; 13) qu'il les possède.

D'ailleurs un texte analogue au passage en discussion, le vers 4 déjà cité de l'hymne IV, 50, déclare formellement que Brhaspati a dispersé les ténèbres par son bruit, c'est-à-dire par le bruit de ses hymnes : *rávena vi saptáraśmir adhamat támāṃsi.* Et qu'il s'agisse là réellement non d'un bruit accidentel à l'œuvre, mais d'un bruit par lequel elle s'opère, se trouve indiqué par l'insistance que met cet hymne à accompagner de l'expression *rávena* l'énoncé des œuvres de Brhaspati. S'il a dispersé les ténèbres *rávena*, il a aussi étayé les extrémités de la terre *rávena* (vers 1), il a, comme nous l'avons vu, brisé Vala *rávena* (vers 5); ajoutons que, selon ce même vers, c'est à grande clameur, *kánikradat*, qu'il a fait sortir les rouges. Dans le texte en question, X, 68, 9, nous avons donc à comprendre d'une façon semblable que Bṛhaspati a chassé les ténèbres par son hymne.

Mais, ceci posé, il demeure possible que, dans ledit texte, outre le sens d'« hymne », qui s'y trouve pour *arká* le sens direct, le poète ait visé aussi celui de « lumière », et employé volontairement un mot à double entente, amené qu'il était, en mentionnant le triomphe de la prière du dieu sur les ténèbres, à suggérer l'idée de la splendeur de celle-ci. C'est ainsi qu'à propos du même fait nous avons vu au vers IV, 50, 4 rappelé par l'épithète *saptáraśmi* l'éclat brillant de cette prière. Si on admet que dans le vers X, 68, 9 *arká* réalise une telle intention, ce texte constituera un témoignage de plus du caractère lumineux qui s'attache à la parole sacrée de Bṛhaspati.

Il est naturel que nous trouvions marquée d'un pareil trait la prière qu'inspire ce dieu : « Je te place (dit Bṛhaspati à Devāpi) une parole brillante dans la bouche » (X, 98, 2)[1]. « Place-nous une parole brillante dans la bouche, ô Bṛhaspati ! » (*ib.*, 3)[2]. De même celle qui se rapporte à lui :

« Le fortifiant de prières salutaires tandis qu'en son séjour il rugit comme un lion, puissions-nous acclamer comme victorieux Bṛhaspati, le mâle, lors de la conquête des héros, en chaque prise de butin ;

« Alors qu'il a conquis le butin de toutes formes,

---

[1]   *dádhāmi te dyumátīṃ vácam āsán.*

[2]   *asmé dhehi dyumátīṃ vácam āsán bṛhaspate.*

qu'il est monté au ciel, aux suprêmes demeures, —
fortifiant Bṛhaspati, le mâle, portant, quoique divers,
la lumière dans la bouche » (X, 67, 9-10)[1].

Il est bien clair que cette lumière qu'on porte
dans la bouche alors qu'on fortifie Bṛhaspati par des
prières n'est autre que la prière elle-même. Sur les
lèvres des adorateurs de ce dieu l'hymne est lumière,
comme, nous l'avons vu, sur les siennes, rayon.

C'est dans ce rayon, dans cette forme brillante
que Bṛhaspati porte sur ses lèvres et peut jeter
comme un brandon, qu'il est permis, à mon avis,
de voir le *yakṣá*, la « forme merveilleuse » en question.
Yakṣabhṛt, quoi qu'il en soit différent par la notion
qu'il exprime immédiatement, se trouve ainsi, quant
au fond, analogue à *ukthabhṛt, sāmabhṛt*, de VII, 33,
14 : là ces deux épithètes ne se rapportent pas, il
est vrai, à Bṛhaspati, mais si quelque autre être peut
se trouver conçu comme portant la prière, à fortiori
ce dieu. Il est juste que le maître du brahman porte
le brahman : car c'est bien du brahman qu'il est
ici question[2]. Rappelons-nous d'ailleurs qu'en dehors

> *tám vardháyanto matibhiḥ śivábhiḥ*
> *siṃhám iva nánadataṃ sadhásthe |*
> *bṛhaspátiṃ vṛ́ṣaṇaṃ śúrasātau*
> *bháre-bhare ánu madema jiṣṇúm ||*
> *yadá vájam ásanad viśvárūpam*
> *á dyám árukṣad úttarāṇi sádma |-*
> *bṛhaspátiṃ vṛ́ṣaṇaṃ vardháyantó*
> *nánā sánto bibhrato jyótir āsá ||*

[2] C'est ce qu'a bien vu M. Geldner (*op. cit.*, p. 137). Seulement
pour lui *yakṣá* est ici formellement « Zauberei ».

du Ṛg Veda on retrouve le brahman conçu comme
lumière, et même alors qu'il est devenu le brahman
des upaniṣads; il suffira de mentionner ici deux textes
bien connus : *kíṃ svit súryasamaṃ jyótiḥ . . . bráhma
súryasamaṃ jyótiḥ* (Vāj. Saṃh., XXIII, 47-48); *hiraṇ-
maye pare kośe virajaṃ brahma niṣkalam | tac chubhraṃ
jyotiṣāṃ jyotis tad yad ātmavido viduḥ* (Muṇḍ. Up., II,
2, 9). Ajoutons aussi que la désignation par *yakṣá* du
brahman n'est pas ici un fait isolé : nous le verrons
se reproduire dans les textes que nous avons à
examiner; dans certains même, formellement.

Ṛ. V., VII, 56, 16.

átyāso ná yé marútaḥ sváñco
yakṣadŕ́śo ná śubháyanta máryāḥ |
té harmyeṣṭhā́ḥ śíśavo ná śubhrā́
vatsā́so ná prakrī́ḷinaḥ payodhā́ḥ ‖

Max Müller, qui rend *yakṣadŕ́śo ná* par « like
Yakshas » (*S. B. E.*, XXXII, p. 374), admet aussi,
quoique avec réserve, pour *yakṣadŕ́ś*, la traduction
« appearing as ghosts » (*ib.*, p. 377). Je crois que
cette dernière traduction approche de l'exactitude,
seulement il ne s'agit pas ici d'apparition effrayante ou
simplement fantastique, mais d'« apparition merveilleuse », le contexte étant laudatif. Suivant un sens que
peut prendre *dŕ́ś* en composition, *yakṣadŕ́ś* signifiera
ainsi littéralement : « qui a l'aspect d'une apparition
merveilleuse », c'est-à-dire, en somme, merveilleusement beau (l'accent comme dans *tādŕ́ś*, etc.). On

peut, si l'on veut, rapprocher la présente expression
du texte du Gobhila G.S. : *yakṣam iva cakṣuṣaḥ priyo
vo bhūyāsam*[1], dont il sera question plus loin, et
qui concerne un jeune homme, comme notre terme
des jeunes gens. Toutefois, ainsi que je le dirai, le
texte du sūtra semble contenir une intention mystique.

Je traduis :

« Eux qui, les Maruts rapides comme des coursiers, bril-
lèrent comme des jeunes hommes à l'aspect d'apparition
merveilleuse, ils sont charmants comme de jeunes enfants
qui demeurent encore dans la maison, folâtres comme des
veaux qui têtent encore le lait.

Il y a tout lieu d'admettre que *yakṣin* dérive de
yakṣá; et, morphologiquement, il est possible que
yákṣya en provienne aussi par le suffixe *ya* avec
transport de l'accent à la première syllabe. Nous
ferons donc venir ici les deux textes suivants.

Ṛ. V., VII, 88, 6.

*yá āpír nítyo varuṇa priyáḥ sán
tvám ágāṃsi kṛṇávat sákhā te |
mā́ ta énasvanto yakṣin bhujema
yandhí ṣmā vípra stuvaté várūtham ‖*

La prière *mā́... yakṣin bhujema*, adressée à Varuṇa, doit être rapprochée de celle déjà mentionnée

---

[1] Où j'admets que *cakṣuṣaḥ* n'est pas régi par *yakṣam.*

mā kásya. . . yakṣáṃ bhujema (V, 70, 4), adressée
à Mitra et Varuṇa. La similitude des deux formules
rend fort probable que le qualificatif d'ailleurs inso-
lite *yakṣin* du premier texte, qui correspond comme
position à *yakṣám* du second, lui correspond aussi
comme sens. Par suite, *yakṣá* dans V, 70, 4 étant
« fantôme », *yakṣin* sera ici « maître des fantômes[1] ».
Remarquons que l'emploi dans le présent texte de
yakṣin au lieu de *yakṣá* favorise l'interprétation que
nous avons admise dans V, 70, 4, pour ce dernier
terme : on ne pouvait pas demander à Varuṇa
immortel que l'on n'eût pas à souffrir de la part de
son fantôme. Mais on pouvait l'appeler maître des
fantômes en vertu de cette relation spéciale qu'il
semble dès l'époque du Ṛg Veda avoir eue avec la
nuit[2].

Je traduirai donc :

Si quelqu'un de tes propres amis, ô Varuṇa, quoiqu'il te
soit cher, vient à commettre contre toi des fautes, lui ton
compagnon, que nous n'ayons, coupables à tes yeux, rien à
souffrir, ô maître des fantômes; prêtre, offre au chanteur
d'hymnes un abri.

Ṛ. V., VIII, 49 (60), 3.

ágne kavír vedhá asi
hótā pávaka yákṣyaḥ |

---

[1] Bergaigne adoptait : « maître des Yakṣas » (*Rel. Véd.*, III,
p. 194).

[2] Cf. sur ce sujet spécialement OLDENBERG, *Die Religion des Veda*,
p. 192.

mandró yájiṣṭho adhvaréṣv îḍyo
viprebhiḥ śukra mánmabhiḥ ||

Yákṣya, comme dérivé de *yakṣá*, pourra signifier
« appartenant au monde des formes merveilleuses »,
c'est-à-dire « merveilleux de forme ». Ce sens se
justifie-t-il ici?

En parlant au début de l'interprétation indigène
de *yákṣya*, j'ai comparé, comme étant de nature à la
faire valoir, quelques textes à celui actuellement en
question. Il est donc juste d'en citer maintenant
quelques autres favorables à l'interprétation ci-dessus
proposée. Nous trouvons dit d'Agni ou d'autres :
śúciḥ pāvakó ádbhuto mádhvā yajñám mimikṣati (I,
142, 3); *pávasva vr̥trahantamokthébhir anumádyaḥ |*
śúciḥ pāvakó ádbhutaḥ (IX, 24, 6); *śúciḥ pāvaká ucy-*
ate só ádbhutaḥ (VIII, 13, 19); formules qui font
suivre *pāvaká* d'un vocable, *ádbhuta*, de sens assez
voisin de celui que nous attribuons à *yákṣya*. Je
n'insiste pas, d'ailleurs, sur ce rapprochement, qui
né constitue qu'une réplique à un autre de nature
différente. Mais si l'on se souvient de l'admiration
dont les poètes du R̥g Veda multiplient les témoignages à l'égard de la forme d'Agni, des expressions
par lesquelles ils le proclament merveilleux, telles
que *ádbhuta* dont il vient d'être question, *pániṣṭha,*
darśatá, vapuṣyá, on admettra, je pense, que le sens
proposé pour *yákṣya* ne trouve aucune contradic-
tion dans l'emploi dudit terme pour qualifier ce
dieu : sa dérivation de *yakṣá* n'étant que possible,

2.

nous ne pouvons en demander davantage. Notre vers se traduirait donc :

Agni, tu es le sage, l'adorateur, le hotar merveilleux de forme, ô purifiant, le ravissant, le meilleur sacrificateur, celui que dans les cérémonies sacrées doivent honorer les prêtres, ô brillant, par leurs prières.

A. V., VIII, 9, 8; 25-26.

8 *yám prácyutām ánu yajñáḥ pracyávanta*
   upatiṣṭhanta upatiṣṭhamānām |
   yásyā vraté prasavé yakṣám éjati
   sá virāḍ ṛṣayaḥ paramé vyòman ||

25 *kó nú gaúḥ ká ekarṣíḥ*
   kím u dhắma ká āśíṣaḥ |
   yakṣám pṛthivyắm ekavṛd
   ekartúḥ katamó nú sáḥ ||

26 *éko gaúr éka ekarṣír*
   ékam dhắmaikadhắśíṣaḥ |
   yakṣám pṛthivyắm ekavṛd
   ekartúr nắti riṣyate ||

Ces deux derniers vers terminent l'hymne. Il est à croire que dans les deux passages ci-dessus, savoir, le vers 8 d'une part, les vers 25-26 de l'autre, le terme *yakṣá* est pris dans un sens analogue, et en voici la raison. Que l'hymme résulte ou non d'une compilation, les questions qui composent le vers 25, auxquelles fait réponse le vers 26, paraissent, dans leur ensemble, suggérées par les idées répandues dans le texte qui les précède. Pour le mettre en évidence, prenons une à une chaque question.

kó nú gaúḥ. Le vers 1 parle des deux veaux de Virāj : *vatsaú virā́jaḥ*, assimilée à une vache : *kataréṇa dugdhā́.* Au vers 2 nous lisons : *vatsáḥ kāmadúgho virā́jaḥ* « le veau de Virāj, laquelle donne pour lait tout ce qu'on désire »[1]. Au vers 15 : *páñca vyùṣṭīr ánu páñca dóhā gā́ṃ páñcanāmnīm ṛtávó 'nu páñca* « il y a cinq traites correspondant aux cinq splendeurs, il y a cinq saisons correspondant à la vache aux cinq noms (c'est-à-dire aux cinq noms de la vache) »; où d'ailleurs Virāj est encore sans doute la vache, comme à Virāj aussi se réfèrent les cinq traites[2], car tout ceci répond aux questions que pose à son sujet le vers 10. Enfin le vers 24 s'exprime ainsi : *kévalīndrāya duduhé hí gṛṣṭir vā́śaṃ pīyū́ṣaṃ prathamáṃ dúhānā | áthātarpayac catúraś caturdhā́ devā́n manuṣyā̀ṅ ásurān utá ṛ́ṣīn* « car ce n'est que pour Indra que fut traite la génisse, tout d'abord qu'elle laissa couler la grasse liqueur que fut son premier lait; ensuite en quatre fois elle rassasia les quatre (groupes suivants) : les devas, les hommes, les asuras et les ṛṣis ». Notons que de nouveau cette génisse semble être Virāj, dont Indra est dit le

---

[1] En regardant *kāmadúghaḥ* comme génitif (à *kāmadúgh*).

[2] Du reste on retrouve ailleurs le terme *doha* associé formellement à Virāj : ainsi plusieurs Gṛhyasūtras introduisent dans la cérémonie de l'argha la formule *virājo doho 'si*, par ex., Hiraṇ. I, 13, 1 (éd. Kirste).

veau au vers 12 de l'hymne suivant : *tásyā índro vatsá āsīt.*

ká ekarṣíḥ. Notre hymne fait à plusieurs reprises mention des ṛsis. Au vers 7, six ṛsis interrogent Kaśyapa : *ṣáṭ tvā pṛchāma ṛ́ṣayaḥ kaśyapemé*, duquel la réponse suit, et qui, ajouté aux six questionneurs, complète ici sans doute le groupe des sept ṛsis. Au vers 14 : *agníṣómāv adadhur yā́ turī́yāsīd yajñásya pakṣāv ṛ́ṣayaḥ kalpáyantaḥ* « les ṛsis constituèrent Agni et Soma ailes du sacrifice quand ils ordonnèrent celle qui fut la quatrième »[1]. Au vers 23 : *ṛ́ṣīṇām saptá saptadhā́* « pour les ṛsis, sept en sept fois », expressions qui semblent encore viser le groupe des sept ṛsis[2]. Au vers 24 les ṛsis sont également cités, comme nous l'avons vu plus haut.

kim u dhā́ma. Il est dit au vers 10 en parlant de Virāj : *kó asyā dhā́ma (prá veda).*

ká āśíṣaḥ. Il n'est point formellement question dans notre hymne de « vœux » ou de « bénédictions », c'est la seule demande du vers 25 qui semble introduire une idée toute à part de ce qui précède. Il faut noter, du reste, que c'est peut-être la ques-

---

[1] Le vers finit ainsi : *gā́yatrīṃ triṣṭúbhaṃ jágatīm anuṣṭúbhaṃ bṛhadarkī́ṃ yájamānāya svàr ābhárantīm* « la gāyatrī, la triṣṭubh, la jagatī, l'anuṣṭubh au grand éclat, qui apporte le ciel au sacrifiant». Il est possible que «celle qui fut la quatrième» soit dit distributivement de chacun des mètres ainsi énumérés, ceux-ci étant dans ce cas considérés comme formant un groupe de quatre (cf. *Ind. Stud.,* VIII, p. 14), et chacun étant alors le quatrième par rapport aux autres.

[2] Cf. aussi vers 17 : *saptá suparṇā́ḥ kaváyo ni ṣeduḥ.*

tion relative au *dhắma* qui amène celle relative aux *āśíṣaḥ* : nous retrouvons, en effet, les deux mêmes termes mis en rapport dans un autre vers de l'Atharva Veda : *úpa śréṣṭhā na āśíṣo devάyor dhắmann asthiran* (IV, 2 5, 7).

yakṣắṃ pṛthivyắm ekavṛ́d ekaṛtắḥ katamó nú sắḥ. Nous savons que *yakṣά* se retrouve au vers 8. —— En face de *ekavṛ́t* on peut citer les complexes contenus dans les passages suivants : *yóniṃ kṛtvắ tribhújam* (vers 2); *kathắṃ gāyatrí trivṛ́taṃ vy ắpa* (vers 20), sans parler des autres noms de stomas contenus au même vers : par ailleurs les nombres jouent un grand rôle dans notre hymne.—— Il est enfin au cours de l'hymne plusieurs fois question des saisons : au vers 10, on parle des *ṛtú* de Virāj; au vers 15, nous avons vu mentionner les « cinq saisons »; au vers 17, on demande de désigner la saison qui, entre toutes, se trouve en surplus : *ṛtắṃ no brūta yatamó 'tiriktaḥ;* finalement au vers 18 : *ṛtắvo ha saptά,* « il y a sept saisons ».

Cet examen me semble justifier ce que je disais plus haut des deux derniers vers 25-26 de notre hymne. Dans ces vers il n'entre presque exclusivement que des notions ou déjà énoncées, ou du moins apparentées à d'autres déjà énoncées dans ceux qui les précèdent. Il y a dans ce fait un indice réel d'une similitude de sens de *yakṣά* aux vers 25-26 et au vers 8. Seulement au vers 8 *yakṣά* est pris en général; il est particularisé, au contraire, aux vers 25 26, par l'addition du qualificatif *ekavṛ́t* et l'apposi-

tion de *ckaṛtú*. Je comprendrai donc qu'il s'agit dans
le premier cas du « monde des formes merveilleuses » en général, d'un certaine « forme merveilleuse » ou « merveille » dans le second. Et je traduis :

8. Celle à la suite de laquelle, si elle s'éloigne, les sacri-
fices s'éloignent, s'approchent, si elle s'approche ; celle suivant
la loi et l'impulsion de laquelle se meut le monde des
formes merveilleuses, celle-là est Virāj, ô ṛṣis, dans le ciel
suprême.

25. Quel est donc le taureau ? Qui, l'unique ṛṣi ? Quelle,
la demeure ? Quelles, les formules de bénédiction ? La
forme merveilleuse une sur la terre, celui qui n'a qu'une
saison[1], quel est-il entre toutes choses ?

26. Unique est le taureau ; unique, l'unique ṛṣi ; unique,
la demeure ; en un seul groupe sont les formules de bénédiction ; la forme merveil.euse une sur la terre, celui qui n'a
qu'une saison, n'a rien qui le dépasse.

Les remarques suivantes contribueront à éclaircir
et justifier cette interprétation de *yakṣá* dans les
deux passages en question.

Vers 8 :

A côté du *yakṣá*, le monde des formes merveilleuses, se mouvant suivant la loi et l'impulsion de
Virāj, il faut signaler le *bhūtá* et le *bhávya*, le
monde des choses passées et celui des choses futures,
soumis à la volonté de celle-ci, en tant il est vrai, qu'elle

---

[1] Comme M. Henry (*Les livres VIII et IX de l'Atharva-Véda*,
p. 29), je vois dans *ckaṛtú* un composé possessif. L'accent comme
dans *ápartú*.

est identifiée à la mort : *virā́ṇ mṛtyúḥ sādhyā́nām adhi-rājó babhūva tásya bhūtáṃ bhávyaṃ váśe* (A. V. IX, 10, 24). La conception que prête au vers 8 notre interprétation de *yakṣá* n'est après tout qu'analogue à celle exprimée dans ce texte[1]. Quant aux entités que couvre ici dans sa généralité l'expression de « monde des formes merveilleuses », sous la réserve de la remarque qui va suivre elles ne sont autre chose sans doute que tout objet apte à frapper les yeux par son éclat, sa beauté ou quelque autre qualité singulière; et tout d'abord Agni, quoi qu'il soit d'ailleurs de l'épithète *yákṣya*, Sūrya, Candramas : je cite à dessein ces entités, car ce sont elles probablement que représentent les veaux de Virāj dont il est parlé au début de l'hymne (vers 1 et 2)[2], auquel cas, se

[1] Quel que soit le sens qu'ils y prennent, il est à propos de noter ici qu'un texte du Taitt. Br. (III, 11, 1 1 et suiv.), que nous étudierons plus loin, rapproche le *yakṣá* et le *bhūtá* : *víśvaṃ yakṣáṃ víśvaṃ bhūtáṃ víśvaṃ subhūtám.*

[2] D'accord avec M. Henry (*Les livres VIII et IX de l'Atharva-Véda*, p. 65) je crois que, du moins selon toute probabilité, les deux veaux du vers 1 sont le soleil et la lune. Pour leur lever de la mer, cf. A. V., XI, 4, 21 : *salilā́d dhaṃsá uccáran,* où *haṃsáḥ* désigne directement le soleil, comme l'indique le contexte, et comme aussi le comprend Sāyaṇa. On retrouve d'ailleurs au vers XIII, 1, 33, le soleil comme veau de Virāj. Les trois premiers pā-das de ce vers pourraient à la vérité permettre de penser au feu terrestre, mais le quatrième, qui fait du veau le brahman, semble indiquer plutôt le soleil, que d'anciens textes identifient formellement au brahman : je rappelerai ici : *tád yát tád bráh-maitát tád yád etán máṇḍalaṃ tápati* (Śat. Br., VIII, 5, 3, 7); *ādityo brahmety ādeśaḥ* (Chānd. Up., III, 19, 1; cf. 4); et le commentaire du même Śat. Br. (VII, 4, 1, 14; cf, XIV, 1, 3, 3 et Kauṣ. Br., VIII, 4) sur le vers bien connu : *bráhma jajñānám prathamáṃ pu-*

trouvant avec celle-ci en relation étroite, elles mé-
ritent, de ce chef, d'être spécialement mentionnées.

J'annonçais à l'instant une remarque : je dois
noter en effet que l'emploi du verbe *ejati* semble
restreindre ici l'amplitude du collectif *yakṣá*. Ce

rástād vi sīmatáḥ suráco venā āvaḥ etc., qui se retrouve dans
presque toutes les saṃhitās védiques; vers dans lequel il est à
croire que *purástād* désigne l'orient (ainsi que l'entend le Śat. Br.),
sīmatáḥ, la ligne qui sépare la terre du ciel, c'est-à-dire l'horizon,
en sorte que le brahman qui, dés que né à l'orient, manifeste de
l'horizon ses splendeurs, semble bien de fait s'identifier dans ce
texte avec le soleil.

Quant au vers 2, je crois que le veau y désigne plutôt Agni que
le soleil. Le texte porte : *yó ákrandayat salilám mahitvá yóniṃ
kṛtvá tribhújaṃ śáyānaḥ | vatsáḥ kāmadúgho virájaḥ sá gúhā cakre ta-
nvàḥ parācaíḥ.* Sans doute, on trouve (appliquée au soma) la comparaison : *ákrān devó ná súryaḥ* « tu as clamé comme le dieu Sūrya » (Ṛ. V., IX, 64, 9); le soleil est, en outre, symbolisé par
le cheval blanc, comme nous aurons occasion de le rappeler; il
est conçu parfois comme foudre (cf. Śat. Br., VI, 3, 3, 10; VII,
3, 2, 10); on peut donc dire qu'il fait résonner de son bruit les
eaux célestes; toutefois l'ensemble du vers me paraît convenir plus
parfaitement à Agni sous la forme d'éclair. L'éclair tonne avec les
nuées : *divó ná vidyút stanáyanty abhraíḥ* (Ṛ. V., IX, 87, 8); on
peut dire aussi bien qu'il leur fait pousser une clameur. Les nuées,
c'est-à-dire la mer céleste. D'ordinaire le bruit du tonnerre n'est
perçu qu'après la disparition de l'éclair, alors qu'il semble s'être
enfoncé et comme se tenir couché dans le sein des nuages; et, ne
reparaissant pas, il peut aussi sembler s'être caché au loin. Nous
avons là toute la substance de notre vers : « Lui qui fit clamer la
mer par sa grandeur alors que, ayant fait à triple paroi la matrice,
il etait là couché, le veau de Virāj qui donne pour lait tout ce
que l'on désire a caché ses corps au loin. » Le pluriel *tanvàḥ* est
usité à l'égard d'Agni; on sait aussi qu'Agni se cache; il y a peut-
être dans *yóniṃ tribhújam* un souvenir des trois *yóni* où il siège
lors du sacrifice : autant de particularités qui nous reportent vers
ce dieu.

terme, dans le cas présent, ne vise donc, du moins directement, que des formes mobiles ou réputées telles : mais de ce genre sont justement les formes les plus propres à rentrer sous son acception. Relativement à Agni, en particulier, et seulement à le prendre comme feu terrestre, on se souvient de tout ce qui est dit de la mobilité de ses flammes : il est, du reste, proprement qualifié de *éjat*[1], de même que le soleil l'est implicitement dans Ṛ. V., X, 37, 2. Il est d'ailleurs évident que tous les astres, soumis qu'ils sont au mouvement diurne, peuvent ici faire partie du *yakṣá;* sans parler de tout ce qu'on peut y ajouter : l'aurore, par exemple, que la conception védique regarde comme mobile et dont elle loue nommément les bons chemins[2]; ou le soma, si vanté pour sa splendeur et l'agilité de ses gouttes.

Vers 25-26.

Il n'est d'abord nullement évident que toutes les questions du vers 25 se rapportent au même sujet. Quand dans la Mait. Saṃh., par exemple, se pose la série d'interrogations connue : *kā́ svid āsīt pūrvá-cittiḥ kíṃ svid āsīd bṛhád váyaḥ | kā́ svid āsīt pilippilā́ kā́ svid āsīt piśaṅgilā́* (III, 12, 19), nous voyons par la réponse qu'il s'agit d'autant d'objets que de ques-

---

[1] Dans la devinette qui forme le vers 30 de Ṛ. V., 1, 164 (=A. V., IX, 10, 8) : *anác chaye turágātu jīvám éjad dhruváṃ mádhya ā́ pastyǎnām | jīvó mṛtásya carati svadhā́bhir ámartyo mártyenā sáyoniḥ.* Le mot est manifestement Agni.

[2] *sugótā te supáthā párvateṣu* (Ṛ. V., VI, 64, 4).

tions : *dyaúḥ, áśvaḥ, áviḥ, rā́triḥ.* Nous n'avons donc
pas à supposer ici à priori que notre texte vise un
seul objet. Nous proposant maintenant de rechercher
quelle est la forme merveilleuse dont il parle, il
nous suffit, par conséquent, de nous en tenir aux
pādas qu'il consacre au *yakṣá.* La solution détermi-
née, nous pourrons examiner si elle s'applique de
plus au reste du texte : mais sa convenance avec lui
ne prouvera pas que nous ayons rencontré juste relativement au *yakṣá,* pas plus que sa disconvenance
ne saurait nous convaincre d'erreur.

Je dirai de suite que je crois avec M. Henry (*Les
livres VIII et IX de l'Atharva-Véda,* p. 71) qu'il
s'agit du soleil. Il n'est pas impossible, du reste,
que le soleil soit ici le symbole d'une entité plus
métaphysique; j'ai noté plus haut son équivalence
au brahman. Il serait, dans ce cas, la forme visible
sous laquelle est représentée cette entité. Mais ce que
l'auteur nous a décrit, c'est cette forme prise en elle-
même : avait-il l'intention de lui donner une valeur
représentative, nous ne pouvons guère le décider.

Remarquons d'abord que la question portant sur
un objet à trouver « sur la terre » il est naturel de le
rechercher dans le domaine des choses physiques.
A répondre par le soleil nous sommes d'ailleurs
dans la question : le soleil est dit forme merveilleuse
« sur la terre » dans le sens où il est dit briller « sur
la terre » *pṛthivyā́ṃ rócase* (A. V., XIII, 2, 30). Et
c'est sans nul doute comme brillant sur la terre qu'il
y est une forme merveilleuse.

Le qualificatif *ekavŕt* doit nous retenir quelque temps. Au quatrième hymne Rohita il se trouve appliqué à une divinité, nommée Savitar au premier vers, Mahendra ensuite, qui, si elle n'est pas le soleil, est du moins décrite en des termes [1] qui la montrent identifiée avec lui. Je m'en tiens à ce dernier fait, estimant qu'il s'agit là réellement soùs le nom de Savitar et de Mahendra d'une divinité transcendante : toujours est-il que cette divinité identifiée au soleil reçoit l'appellation d'*ekavŕt*. Et comme elle est décrite sous les traits même du soleil, et que c'est lui qui la représente, il reçoit en même temps la susdite appellation; et nous sommes invités par là même à la lui attribuer dans nos vers 25-26.

Cette conséquence n'est légitime qu'autant que l'identification ci-dessus affirmée existe. Pour la mettre en évidence parcourons donc les vers 1-13 du quatrième hymne Rohita.

1.   *sá eti savitá svàr divás pr̥ṣṭhè 'vacákaśat ∥*
2.   *raśmibhir nábha ábhr̥taṃ mahendrá ety ávr̥taḥ ∥*

Il va au svar, Savitar, versant sa lumière sur le dos du ciel.

A la nuée chargée de (ses) rayons Mahendra va enveloppé.

---

[1] Je parle du texte pris en lui-même; et c'est ainsi que je l'envisagerai dans ce qui suit, sans tirer avantage du fait que cet hymne est regardé comme consacré à Rohita, parce que ce dernier n'y étant pas formellement nommé, on pourrait poser la question de savoir jusqu'à quel point sont d'accord le texte même et le titre qui lui est attribué.

Mahendra est Indra avec le titre de grand, qu'il reçut, dit la légende[1], en raison de sa victoire sur Vrtra. L'identification du soleil et d'Indra se retrouve ailleurs : « Que lui, le soleil, qu'autour des larges étendues Indra roule comme les roues de char » (R. V., X, 89, 2)[2]. « Indra est ce soleil là-bas en vérité, les joueurs sont les rayons; en compagnie des rayons il s'avance pour vaincre. Les dieux ne distinguaient pas que Vrtra était tué; les Maruts, joueurs, se jouèrent sur lui, c'est pour cela qu'ils sont les joueurs » (Mait. Saṃh., I, 10, 16)[3]. « Indra est ce soleil là-bas en vérité » (Taitt. Saṃh., I, 7, 6, 3)[4]. « Celui qui est Indra, c'est ce soleil là-bas » (Śat. Br., VIII, 5, 3, 2)[5] — Il va enveloppé, sans doute par l'espace : *sūryasya cákṣū rájasaity āvṛtam* (R. V., I, 164, 14 = A. V., IX, 9, 14).

3. *sá dhātá sá vidhartá sá vāyúr nábha úchritam* ‖
4. *sò 'ryamá sá várunaḥ sá rudráḥ sá mahādeváḥ* ‖
5. *só agníḥ sá u sūryaḥ sá u evá mahāyamáḥ* ‖

Il est le créateur, il est le porteur, il est Vāyu, la haute nuée,

Il est Aryaman, il est Varuṇa, il est Rudra, il est Mahādeva,

Il est Agni, il est Sūrya, c'est lui qui est Mahāyama

[1] Cf. par exemple Taitt. Saṃh., VI, 5, 5, 3.

[2] *sá sūryaḥ páry urú várāṃsy índro vavṛtyād ráthyeva cakrá.*

[3] *asaú vá ādityá índro raśmáyaḥ krīḍáyaḥ sākáṃ raśmibhiḥ prá carati vijityai devá vai vṛtráṃ halám ná vy àjānaṃs táṃ marútaḥ krīḍáyó 'dhy akrīḍaṃs tásmāt krīḍáyaḥ.*

[4] *asaú vá ādityá índraḥ.*

[5] *átha yáḥ sá indro 'saú sá ādityáḥ.*

Rien à remarquer sur cette multiple identification : *ékaṃ sád viprā bahudhá vadanti* (Ṛ. V., I, 164, 46). Par ailleurs, à une divinité déjà identifiée au soleil par les vers 1 et 2 appliquer le nom de Sūrya comme par hasard parmi la masse d'autres dénominations divines n'est **pas plus** étrange que, par exemple, demander à Agni d'amener Mitra, Varuṇa, Agni, etc. (Ṛ. V., VII, 39, 5). Au surplus il se peut que l'auteur ait compilé, du moins partiellement, des vers faits d'avance.

> 6.   *táṃ vatsá úpa tiṣṭhanty ékaśīrṣāṇo yutá dáśa* ∥
> 7.   *paścát práñca á tanvanti yád udéti ví bhāsati* ∥

Devant lui se tiennent en adoration les veaux, dix liés qui n'ont qu'une seule tête,

De l'occident ils s'étendent vers l'orient : quand il se lève il rayonne au loin.

Ces dix veaux semblent être les dix doigts de l'adorateur qui adresse au soleil levant le salut de l'añjali. Tous les détails indiqués dans notre texte sont vérifiés dans cette hypothèse. L'añjali adressé au soleil est un rite certainement ancien : *ādityāyāñjaliṃ kṛtvā*, dit le Hir. Gṛ. S. (I, 6, 10). Je citerai aussi le texte suivant, bien qu'il ne mentionne pas le soleil, à cause de ses points de similitude avec le nôtre : *paścād agneḥ práñcam añjaliṃ karoti* (Pār. Gṛ. S., III, 2, 8)[1].

---

[1] Il convient de remarquer que le vers 1, 164, 14 du Ṛ. V. cité plus haut à propos de *ávṛtaḥ* de notre vers 2 parle encore de *dáśa yuktáḥ* qui rappellent le *yutá dáśa* du présent texte. Mais ils ont

8. *tásyaiṣá márulo gaṇáḥ sá eti śikyákr̥taḥ* ‖

C'est à lui qu'appartient cette troupe des Maruts; il va placé dans une suspension.

La souveraineté sur les Maruts appartient naturellement à une divinité désignée sous le nom de Mahendra, mais nous avons vu aussi, à propos du vers 2, les Maruts identifiés (sous le nom de krīḍis) aux rayons du soleil. Quant à *śikyákr̥taḥ*, je le regarde avec le texte pada comme égal à *śikyá+kr̥taḥ*, et je comprends *śikyáyāṃ kr̥taḥ*. *Śikyá* doit être sans doute pris dans le sens de *śikyà* ou dans un sens ana logue. Nous sommes alors derechef ramenés au soleil, que le R̥. V., VII, 8₇, 5 assimile à une balançoire : *gŕtso rájā várunaś cakra etáṃ diví preṅkháṃ hiraṇyáyaṃ śubhé kám* (Sāyaṇa : *preṅkham dolāvad digdvayasaṃsparśinam etaṃ sūryam*). D'ailleurs, le soleil étant une forme d'Agni, peut-être est-il possible de voir dans le fait d'aller *śikyákr̥taḥ* attribué au soleil une allusion à la marche d'Agni placé sur le *śikyà*, la natte de muñja suspendue à des cordons en nombre déterminé, reliés eux-mêmes à une corde, que l'on trouve employée rituellement pour le transport du feu. — Pour une autre interprétation, voir Henry, *Les Hymnes Rohitas*, p. 18 et 52.

9. *raśmíbhir nábha ábhr̥taṃ mahendrá ety ávr̥taḥ* ‖
10. *tásyemé náva kóśā viṭambhá navadhá hitáḥ* ‖
11. *sá prajábhyo ví paśyati yác ca prāṇáti yác ca ná* ‖

par rapport au soleil un autre rôle que nos dix veaux, celui de traîner son char : ils semblent donc figurer aussi autre chose.

A la nuée chargée de (ses) rayons Mahendra va enveloppé.

C'est à lui qu'appartiennent ces neuf cuves, les étais en neuf places posés [1].

Il fait acte de vision pour les créatures, ce qui respire aussi bien que ce qui ne respire pas.

Prajábhyaḥ est datif : cf. *sá sárvasmai ví paśyati yác ca*, etc., vers 19. Faire acte de vision appartient au soleil qui, dans la conception védique, est souvent identifié à un œil; dire qu'il fait cet acte pour les créatures n'est qu'exprimer une conception analogue à celle qui le regarde comme l'œil unique de ce qui existe : *súryo bhūtásyaíkaṃ cákṣuḥ* (A. V., XIII, 1, 45).

12. *tám idáṃ nígataṃ sáhaḥ sá eṣá éka ekavṛ́d éka evá* ‖

En lui est descendue cette force; c'est lui le seul un, oui le seul.

J'admets, ainsi que M. Henry (*Les Hymnes Rohitas*, p. 52), que la force ici en question est celle contenue dans le rite célébré. Les brāhmaṇas nous offrent nombre d'exemples de l'influence des rites sur le soleil. C'est ainsi qu'au moyen des rites les dieux ont transporté le soleil de la terre au ciel, qu'ils l'y ont établi et fait briller (cf. par ex. Taitt. Samh., VII, 3, 10, 1; 5). C'est grâce au rite (de l'Agnihotra) accompli par les hommes que le soleil se lève, se dégageant des ténèbres comme un serpent de sa peau (Śat. Br., II, 3, 1, 5; 6). Aussi la Maitrāyaṇī

---

[1] Neuf cuves : trois cieux, trois terres, trois espaces intermédiaires; à chacune de ces divisions correspond un étai.

Saṃhitā l'appelle « celui que par l'observance reli-
gieuse fortifient ceux qui la pratiquent, tous tant
qu'ils sont, dieux, hommes et pères » (IV, 14, 14)[1].

13. *eté asmin devā ekavŗto bhavanti* ‖

En lui ces dieux sont un.

Ce vers ne fait qu'exprimer en une courte formule
l'idée identificatrice détaillée aux vers 3, 4, 5.

Puis il est dit : *kīrtiś ca yáśaś cāmbhaś ca nábhaś
ca brāhmaṇavarcasáṃ cánnaṃ cānnādyaṃ ca ‖ 14 ‖
yá etáṃ devám ekavŗtam véda ‖ 15 ‖* « La renommée
à la fois et la gloire..... à qui sait que ce dieu
est un ». La suite du texte, où entrent des redites,
n'apporte aucune lumière nouvelle.

De la discussion du précédent passage il résulte,
semble-t-il, que la divinité qualifiée là d'*ekavŗt* y est
traitée en identifiée au soleil, lequel, en vertu du
moins de cette identification, se trouve ainsi porter
le qualificatif en question. Il n'est donc que juste,
étant conduits, comme je l'ai dit, à chercher notre
yakṣá dans l'ordre des choses physiques, que nous
pensions à le reconnaître, en tant que *ekavŗt*, dans
le soleil.

Quant à *ekartá*, M. Henry l'explique conjecturalement par le manque de phases du soleil (*Les livres
VIII et IX de l'A. V.*, p. 71). J'admets, pour ma

---

[1]
*vraténa yáṃ vratino vardháyanti
devā manuṣyāḥ pitáraś ca sárve |
tásyādityasya prasaváṃ manāmahe
yás téjasā prathamajá vibháti ‖*

part, que ce terme exprime simplement, en opposition aux divers changements produits au cours de
l'année sur la terre, qui nous font distinguer plusieurs
saisons, l'invariabilité de l'aspect du soleil.

Enfin il est bien clair que l'on peut dire de lui
que rien ne le dépasse. Et c'est justement son excellence dans le monde visible qui motive le choix qu'on
fait de lui pour des identifications comme celles au
brahman et à Indra déjà mentionnées, pour ne parler
que de celles-là.

La « forme merveilleuse » des vers 25-26 est donc
selon toute vraisemblance le soleil. Il reste à examiner
la première partie de ces deux vers : j'ai dit plus
haut ce qu'il fallait, à mon avis, lui attacher de
valeur dans la question qui nous occupe. Je crois
d'ailleurs que le soleil fournit encore une solution
possible de toutes les énigmes.

Le nom de *gó* ne saurait guère faire difficulté.
En faveur de la désignation dans notre texte du
soleil par *ekarṣi* j'apporterai les textes suivants.

Dans l'hymne XIII, 1, de l'A. V., Rohita qui désigne,
je ne dis pas exclusivement, mais en première ligne,
le soleil, porte le nom de *ṛ́ṣi* : *tásmād (yajñā́d) dha
jajña idáṃ sárvaṃ yát kiṃ cedáṃ virócate róhitena
ṛṣiṇā́bhṛtam ǁ* « De ce sacrifice est né cet univers, et
quoi que ce soit qui apparaît en ce monde, apporté
par le ṛṣi Rohita » (55). On peut comparer Ṛ. V., X,
170, 4, où il est dit, comme il semble, de Sūrya :
yénemā́ víśvā bhúvanāny ā́bhṛtā.

Dans la Bṛh. Ār. Up., on lit : *hiraṇmayena pātreṇa*

*satyasyāpihitaṃ mukham | tat tvaṃ pūṣann apāvṛṇu
satyadharmāya dṛṣṭaye ǁ pūṣann ekarṣe yama sūrya
prājāpatya vyūha raśmīn samūha tejo yat te rūpaṃ
kalyāṇatamaṃ tat te paśyāmi yo 'sāv asau puruṣaḥ so
'ham asmi* (V, 15) : « Par une coupe d'or est couverte la face de la vérité : toi, Pūṣan, découvre-
la pour celui dont la loi est la vérité, afin qu'il la
contemple! Pūṣan, ekarṣi, Yama, Sūrya, fils de
Prajāpati, écarte les rayons, contracte la splendeur!
Ta forme la plus belle, je la vois.Celui qui est
là-bas, ce puruṣa de là-bas, je suis lui. » Mani-
festement, il s'agit là du puruṣa qui est dans
le soleil, puruṣa présenté d'abord par notre texte
comme le *satya* (qui peut ici être le brahman)[1]
recouvert du vase d'or, c'est-à-dire du disque
brillant du soleil, puis comme la forme la plus
belle d'une divinité invoquée sous les multiples
dénominations de Pūṣan, ekarṣi, etc. Maintenant il
paraît bien que la divinité qui reçoit ces dénominations parmi lesquelles se trouve celle de Sūrya soit
le soleil lui-même, invité à écarter ses rayons et à
découvrir le puruṣa. Nous avons ici, par suite, le
nom d'*ekarṣi* attribué au soleil, même si l'on regarde
dans notre texte *ekarṣe* comme apposé à *pūṣan*,
puisque Pūṣan s'y trouve identique au soleil. Du
reste que le soleil reçoive dans ce texte le nom de

---

[1] Dans la même upaniṣad nous lisons : *satyaṃ hy eva brahma*
(V, 4 ; cf. V, 5, 1). Cf. Chānd. Up. : *tasya ha vā etasya brahmaṇo
nāma sattiyam iti* (VIII, 3, 4); Taitt. Up.: *satyaṃ jñānam anantaṃ
brahma yo veda* (II, 1, 1): etc.

Pūṣan n'est pas un fait anormal : quoi que l'on pense de la nature originelle de cette divinité, que je n'ai pas à discuter ici, il demeure que plus d'un trait la met dès le Ṛg Veda en relation avec le soleil, et que nous trouvons son nom attribué d'assez bonne heure à celui-ci. Quant à l'identification ici implicite de Yama au soleil, elle est formellement exprimée dans le texte suivant du Śat. Br. : *eṣá vai yamó yá eṣá tápati* (XIV, 1, 3, 4). Pour le qualificatif Prājāpatya, il va de soi.

La Prāṇāgnihotra Upaniṣad parlant des feux qui sont dans l'homme s'exprime ainsi : *sūryo 'gnir nāma sūryamaṇḍalākṛtiḥ sahasraraśmibhiḥ parivṛta ekaṛṣir bhūtvā mūrdhani tiṣṭhati* « Le soleil, feu assurément en forme de disque solaire, entouré de mille rayons, étant devenu l'ekaṛṣi, se tient dans la tête » (2). C'est-à-dire que le soleil est identifié à l'*ekaṛṣi*. Et c'est bien ainsi que semble le comprendre Nārāyaṇa qui, commentant le passage suivant du premier khaṇḍa de la même upaniṣad : *tūṣṇīm ekām ekaṛṣau juhoti*, explique : *ekaṛṣāv agnau tadnāmni sūrye.*

De tout ceci semble résulter que l'*ekaṛṣi* de nos vers 25-26 peut fort bien être le soleil. *Dhāman*, qu'en l'absence de toute indication précise je ne traduis que conjecturalement par « demeure », peut, dans ce sens, y être également dit de lui. Car l'énonciation, dans notre texte, de ce terme sans addition de déterminatif semble alors indiquer qu'il s'agit là de la demeure par excellence, la demeure divine qui est le svarga loka : *suvargó lokó divyáṃ dhắma* (Taitt. Samh., II, 6, 7, 6); or l'identification du svarga loka ou, ce qui revient au même, du devaloka au soleil se rencontre çà et là dans les textes védiques : *asaú vắ ādityáḥ svargó lokáḥ* (Mait. Samh., III, 6, 1); *devaloko vā ādityaḥ* (Kauṣ. Br., V, 7,); *asaú khálu vắ ādityáḥ suvargó lokáḥ* (Taitt. Ār., V, 9, 11); *svargó vai lokáḥ súryo jyótir uttamám* (Śat. Br., XII, 9, 2, 8). On se rappelle aussi que certains vers du Ṛg Veda (cf. X, 107, 2; I, 125, 6) donnent une demeure solaire aux trépassés qui l'ont méritée par leurs œuvres.

Reste à parler des formules de bénédiction que l'on déclare réunies en un seul groupe. Admis que dans le passage déjà cité de l'A. V. (IV, 25, 7) : *úpa śréṣṭhā na āśiṣo deváyor dhắmann asthiran, dhắman* signifie demeure, nous avons là une indication pour l'interprétation de notre texte : de même que là les formules de bénédiction sont réunies dans la demeure des dieux Savitar et Vāyu, ici nous pouvons comprendre qu'elles sont en un seul groupe en tant qu'elles se trouvent toutes ensemble dans le soleil. Laissant de côté les textes qui mettent en relation plus ou moins intime les mètres et le soleil, nous pouvons en noter, en effet, qui font expressément de celui-ci le lieu des paroles et en particulier des paroles sacrées : « en vérité, à ce soleil qui est là-bas vont toutes les paroles; quand il se lève, elles sont toutes émises » (Mait. Samh. III, 6, 10)[1]. « Celle

---

[1] *amúṃ vắ ādityáṃ sá vā vắco gachanti tắ udyati sárvāḥ sṛjyante.*

qui est cette Vāc, c'est ce soleil de_là-bas . . . . . les
rcs sont le disque . . : . . Ce qui étant ce disque luit
ardemment, c'est le Mahaduktha, c'est les rcs, c'est
le lieu des rcs » (Śat. Br., X, 5, 1, 4; 5; 2, 1)[1].
« Ce soleil, en vérité, qui est ce disque, luit ardemment; en lui sont ces rcs, il est le disque des rcs,
il est le lieu des rcs » (Mahānār. Up., 12, 2, éd.
G.-A. Jacob)[2]. Il ne répugne donc pas que les
formules de bénédiction se trouvent en un seul
groupe en tant que réunies dans le soleil.

A. V., X, 2, 32.

L'hymne X, 2 se termine par les vers suivants
où le sens de « forme merveilleuse » s'applique au
mieux à *yakṣá* :

29. *yó vai tā́ṃ bráhmaṇo védāmŕ̥tenā́vr̥tāṃ púram |*
tásmai bráhma ca brā́hmā́ś ca cákṣuḥ prāṇáṃ prajā́ṃ
daduḥ ‖

30. *ná vai tā́ṃ cákṣur jahāti ná prāṇó jarásaḥ purā́ |*
púraṃ yó bráhmaṇo véda yásyāḥ púruṣa ucyáte ‖

31. *aṣṭā́cakrā návadvārā devā́nāṃ pū́r ayodhyā́ |*
tásyāṃ hiraṇyáyaḥ kóśaḥ svargó jyótiṣā́vr̥taḥ ‖

32. *tásmin hiraṇyáye kóśe tryàre tripratiṣṭhite |*
tásmin yád yakṣám ātmanvát tád vai brahmavido viduḥ ‖

---

[1] *sā́ yā́ sā́ vā́g asaú sá ādityáḥ . . . . . . máṇḍalam evá rcaḥ . . . . .*
yád etán máṇḍalaṃ tápati tán mahádukthaṃ tā́ r̥caḥ sá r̥cā́ṃ lokáḥ.
[2] *ādítyo vā́ éṣa etan maṇḍalaṃ tapati tatra tā́ r̥cas tad r̥cāṃ maṇ-*
ḍalaṃ sa r̥cāṃ lokaḥ.

33. *prabhrájamānām hárinīm yáśasā sampárivṛtām !*
púraṃ hiraṇyáyīṃ bráhmá viveśáparājitām ‖

Je traduis :

Celui, en vérité, qui connaît cette citadelle du brahman entourée d'immortalité. à celui-là et le brahman et ceux qui sont au brahman donnent la vue, le souffle, la postérité.

Ni la vue, en vérité, ne l'abandonne, ni le souffle, avant la vieillesse, celui qui connaît la citadelle (*púr*) du brahman d'où il tire le nom de puruṣa.

A huit roues, à neuf portes est la citadelle des dieux inexpugnable; dans celle-ci est un coffre d'or, céleste, entouré de lumière.

Dans ce coffre d'or, à trois rais, triplement soutenu, la forme merveilleuse animée qui est dans lui, en vérité ceux qui connaissent le brahman la connaissent.

Dans la rayonnante, jaune, tout entourée de gloire, dans la citadelle d'or, invincible, est entré le brahman.

Nous avons à déterminer quel objet couvre cette expression : « forme merveilleuse ». Pour M. Geldner (*op cit.*, p. 128)[1], le *kóśa* est le cœur; le *yakṣá*, le brahman. Pour M. Henry (*Les livres X, XI et XII de l'A. V.*, p. 52, 53) le *kóśa* et le *yakṣá* sont le soleil. Il faudrait cependant distinguer, semble-t-il : car le *yakṣá* étant renfermé dans le *kóśa*, ils ne peuvent guère représenter tous les deux identiquement la même chose. Pour ma part, il ne me paraît pas, de fait, qu'il y ait, étant donnée la teneur du texte, à chercher la solution de notre problème ailleurs que

---

[1] Cf. aussi SCHERMAN, *Pℎilosoph. Hymn.*, p. 46 suiv.; DEUSSEN, *Allg. Gesch. der Phil.*, I, 1, p. 270.

du côté de l'homme ou du côté du ciel. Nous discuterons successivement ces deux modes d'interprétation.

Mais d'abord je noterai qu'à mon avis c'est bien la citadelle du brahman qu'entendent décrire les vers 31-33, quoique le sujet de début de la description soit *devấnāṃ pū́ḥ*, non *bráhmaṇaḥ pū́ḥ*, car tout le passage se conclut par l'affirmation de l'établissement du brahman dans la *pū́r áparājitā*, laquelle se présente comme une réplique de la *pū́r ayodhyấ* qui est celle des dieux[1]. Ceci ne préjuge en rien la continuité de composition de ces vers, ou, pour parler de tout le passage cité, des vers 29-33 : y eût-il là compilation, on ne peut affirmer, en quelque mésestime qu'on ait les hymnes philosophiques de l'Atharva-Veda, qu'elle s'est faite complètement au hasard, et le plus sage est, je crois, de prendre comme rapporté au même sujet ce qui se présente comme tel. Du reste les vers 29, 31, 33 se retrouvent réunis (dans l'ordre suivant 31, 29, 33) dans le Taitt. Ār. (I, 27, 2; 3; 4.) : et malgré les divergences que l'on note dans ce dernier texte[2], le fait de cette réunion répétée constitue du moins une indication en faveur de l'appartenance de nos vers au même cycle d'idées.

Ceci posé, je viens d'abord à l'interprétation de

---

[1] Relativement à l'équivalence de la *pū́r* du brahman et de celle des dieux voir d'ailleurs plus bas, p. 442.

[2] En particulier *brahmấ* au lieu de *bráhmā* du vers 33 de l'A. V., et l'interpolation de *lokáḥ* au dernier pāda du vers 31, ainsi : *svargó lokó jyótiṣāvṛtaḥ*.

notre texte comme se rapportant à l'homme, d'après laquelle, le *kóśa* est le cœur; la *púr* du brahman qui le renferme, l'homme lui-même. Une pareille conception est entrée, de fait, dans la pensée hindoue, et elle s'affirme en même temps comme suffisamment ancienne : on se souvient du texte fameux de la Chānd. Up. relatif au petit lotus renfermé dans le brahmapura, et contenant lui même un petit espace (VIII, 1, 1 et suiv.). Mais cette conception est-elle celle de notre texte?

Il est certain que le vers 30 rapproche de la *púr* du brahman l'homme en déclarant que c'est d'elle qu'il prend son nom. Car c'est bien l'homme que désigne dans ce vers le mot *púruṣa*. L'hymne a pour objet, dans son ensemble, le puruṣa. La plupart des expressions qui dépeignent ce puruṣa s'appliquent à l'homme réel; quelques-unes, au contraire, ne conviennent qu'au puruṣa mythique dont il est question Ṛ. V., X, 90 (cf. A. V., XIX, 6); mais pour ce qui concerne l'emploi de *púruṣa* au vers 30, ce terme s'applique naturellement à l'homme réel, à qui reviennent les avantages que procure la connaissance de la citadelle du brahman. Mais d'où vient ici que l'homme tire son nom de cette *púr* du brahman? Le rédacteur de notre texte la regardait-il comme intrinsèque à l'homme; ou ne concevait-il entre elle et l'homme qu'une relation d'ordre extérieur; et n'avons-nous pas là, surtout, un pur jeu d'étymologie?

N'ayant, de la part de notre texte, aucune réponse directe à ces questions, il nous reste à nous référer à la description de la citadelle du brahman, telle qu'il la donne, et à voir avant tout, si elle comporte l'équivalence de cette citadelle à l'homme.

D'abord, c'est donc l'homme qui, dans ce cas, porte l'appellation de *devánām páḥ*. Le passage de la Chānd. Up. rappelé plus haut déclare précisément que l'espace renfermé dans le lotus qui est dans la demeure du brahman, c'est-à-dire l'espace renfermé dans le cœur qui est dans l'homme, contient le ciel et la terre, et toutes choses (VIII, 1, 3). Il suffit de ce souvenir pour justifier l'attribution à l'homme de la susdite appellation. Notons d'ailleurs qu'il y a dans l'Atharva Veda d'autres exemples d'objets nommés demeure des dieux : la maison de la nouvelle mariée, comme il semble, dans XIV, 1, 64 [1]; dans V, 28, les trois métaux qui forment l'amulette (10), et spécialement l'un deux, l'or : *páraṃ devánām amŕtaṃ hiraṇyam* (11). C'est à dessein que je néglige, dans le cas présent, des témoignages aussi expressifs que ceux d'A. V., XI, 8, d'après lesquels les dieux sont entrés dans le puruṣa (13 et 29), les divinités y habitent comme les vaches dans l'étable (32), sont entrées dans le śarīra (30) : dans cet hymne, en effet, n'apparaît pas assez immédiatement la part de l'homme réel.

Les deux épithètes *návadvāra*, *aṣṭácakra* s'appliquent à l'homme en tant que corporel. Pour la première, pas de difficulté : les neuf portes sont les

[1]
anāvyādhắṃ devapurắṃ prapádya
śirắ syonắ patilokĕ́ vi rắja ||

neuf orifices du corps. Quant à *aṣṭácakra*, dans son commentaire sur le Taitt. Ār. où se retrouve, comme je l'ai dit, une partie de notre texte, Sāyaṇa, qui interprète *púr* par *śarīra*, explique cette épithète ainsi : *cakravad āvaraṇabhūtās tvagasṛṁmāṁsamedosthimajjāśukraujorūpā aṣṭau dhātavo yasyāḥ seyam aṣṭācakrā.* Ainsi les huit *cakra* sont les huit éléments considérés comme enveloppes à la façon de cercles. D'après son commentaire sur le vers 22 de A. V., XI, 4, qui contient le même terme, les huit *cakra* sont encore les huit éléments, considérés comme roues du char qui est le corps : *te 'tra rathātmanā varṇanīyasya śarīrasya cakratvena rūpyante.* Je ne discuterai pas ces interprétations, et retiens seulement d'elles que l'on peut dire, en ce qui concerne notre texte, que l'homme est *aṣṭácakra* parce qu'il possède huit éléments corporels. Au surplus, si nous traduisons, comme je l'ai fait, *aṣṭácakra* par « à huit roues », auquel cas l'homme qui est la *devānāṃ púḥ* se trouve implicitement assimilé à un char, sans recourir au témoignage se référant directement au corps tiré par Sāyaṇa de la Kaṭha Up. dans son commentaire sur A. V., XI, 4, 22, ci-dessus cité, nous pouvons justifier cette assimilation par l'Atharva Veda même : « Lève-toi, marche, cours, (devenu) char aux bonnes roues, aux bonnes jantes, aux bons moyeux, tiens-toi ferme debout [1] », y est-il dit au patient (IV, 12, 6).

---

[1]   *sá út tiṣṭha préhi prá drava*
ráthaḥ sucakráḥ supavíḥ sunābhíḥ |
práti tiṣṭhordhváḥ ‖

Venons au qualificatif *ayodhyá*. Appliqué ainsi à l'homme, en manière d'attribut caractéristique, il surprend bien quelque peu. On peut dire que l'homme reçoit cette épithète en tant qu'elle convient à l'ātman qui est en lui, comme il recevait les deux précédentes en tant qu'elles conviennent au corps. Et, pour n'avoir pas à y revenir, c'est aussi de la sorte qu'on pourrait expliquer que l'homme, ainsi que le dit de la citadelle du brahman le vers 29, est entouré d'immortalité.

C'est encore en vertu de l'ātman qui est en lui qu'au vers 33 l'homme sera *aparājita*, comme il est *ayodhyá;* et entouré de gloire, comme il l'est d'immortalité; qu'il aura l'éclat d'un astre et de l'or. Car si, dans les textes anciens qui nous occupent actuellement, de pareilles qualités sont attribuées à l'homme, il n'est d'usage de les lui accorder que comme conséquence d'une science ou d'un rite dont elles sont le prix : laissant voir ainsi qu'on les conçoit comme n'étant pas propres à l'homme et lui venant d'ailleurs; c'est ainsi, pour citer un exemple entre tant d'autres, que le vers 26 d'A. V., XI, 5, nous représente sous une même image la splendeur du soleil et de qui s'est soumis aux pratiques du brahmacarya. Mais dans notre texte rien de tel : un énoncé pur et simple des qualités que possède la demeure où l'on dit qu'est entré le brahman; sans qu'il soit suggéré même qu'elle les possède en vertu de cette entrée; énumérées, en un mot, comme lui étant propres. Il ne nous reste qu'à imaginer qu'elles sont ainsi dites de l'homme en vertu de l'ātman.

Maintenant, il faut avouer que cette appellation multiple dans notre vers 33 de l'homme par les qualités de l'ātman paraît bien forcée, et qu'en fin de compte, toute la brillante description contenue là ne semble guère lui convenir. On pourrait, il est vrai, se souvenant de la distinction donnée par la Chānd. Up. entre le brahmapura (qui est l'homme) et le vrai brahmapura qui est l'ātman (VIII, 1, 5), dire qu'il s'agit au vers 31 du premier, au vers 33 du second : et cette explication conviendrait suffisamment, en effet, aux deux vers pris à part l'un de l'autre. Seulement, admise cette interprétation, et toutes les autres similaires (celle, par exemple, de la *pŭr áparājitā* par le cœur lui-même) dont le détail serait fastidieux, il faut renoncer à ne voir qu'un seul et même objet dans la *pŭr ayodhyā* qui contient le *kóśa* et la *pŭr áparājitā :* pour moi il me paraît plutôt, ainsi que je l'ai déjà dit, que ces deux expressions, réunies dans ce passage de telle sorte que la seconde ne semble que répéter la première, ont en vue un unique objet.

Le premier mode d'interprétation paraissant ainsi défectueux, arrêtons là son examen, et venons au second qui nous permettra, je crois, une explication plus satisfaisante de notre texte.

Une demeure désignée par le même terme *aparā-jita* et en relation avec le brahman nous est, comme on sait, connue d'ailleurs, et elle est au ciel. Avant de parler des textes ici en cause, je dois, pour les

mettre dans toute leur valeur, présenter quelques
brèves observations

Dans les brāhmaṇas, l'homme désire se fixer finalement dans le svarga loka, qui est le devaloka :
région lumineuse, plus ou moins complexe, située
dans les hauteurs de l'espace. Cependant nous y voyons
déjà poindre la pensée d'atteindre le brahman et de
demeurer avec lui, et l'on conçut dès lors un brahmaloka. La notion du brahmaloka devait s'affiner
par l'exercice des spéculations, gagnant désormais
en importance, sur le brahman lui-même : il n'en
est pas moins vrai que tout d'abord elle ne put que
ressembler fort à celle qu'on se formait du devaloka,
dont le monde du brahman ne représentait sans
doute guère qu'un aspect nouveau et meilleur ou
un étage surajouté. Et naturellement se transportèrent
au monde du brahman les idées qu'on se faisait du
monde des devas : or dans le ciel védique, qui ne
consistait nullement dans la contemplation de la
vérité pure [1], les formes matérielles, imitées de ce
monde, ne pouvaient manquer. De plus, le monde
du brahman étant conçu comme le couronnement
du monde des devas, il était indiqué qu'on y accédât
par le chemin qui menait chez les dieux, le devayāna, dont la notion nous apparaît suffisamment
définie, quant à sa substance, dans les plus vieille
upaniṣads.

---

[1] Sur ce point il suffit de renvoyer à Muir, *Sanscrit texts*, V,
p. 307 et suiv.

Il est clair qu'en tout ceci les détails pouvaient se diversifier à l'infini suivant les esprits et les écoles, qu'il pouvait même se produire sur des points importants des opinions divergentes; mais je crois qu'en somme tel fut le processus doctrinal : je crois aussi que le premier adhyāya de la Kauṣītaki Up. nous livre au sujet du brahmaloka une théorie appartenant à la phase que je viens de décrire.

D'après la dite upaniṣad on accède donc au monde du brahman par le devayāna, *etaṃ devayānaṃ panthānam āsādya*. Au-delà du monde du feu, du monde de Vāyu, etc., on atteint le brahmaloka. Indra et Prajāpati[1], les Apsaras même, ont leur place en ce monde suréminent. Vers le nouveau venu qui s'y présente celles-ci accourent au nombre de cinq cents, portant en leurs mains couronnes, onguents, etc., et le revêtent de la parure du brahman. C'est ainsi paré qu'il s'avance vers le brahman lui-même, *brahmaivābhipraiti* (I, 4)[2]. Or tout le long de sa marche il rencontre, et notre upaniṣad les énumère, un certain nombre d'objets remarquables contenus dans ce monde : l'étang Āra, l'arbre Ilya, etc., et,

---

[1] Désignés comme portiers, mais placés en même temps par la nomenclature que je rappellerai à l'instant au milieu même des objets qui se trouvent dans le monde du brahman.

[2] Et c'est devant Brahman qu'il arrive; ici le brahman sous la forme personnelle parce qu'on lui prête la parole : *taṃ brahmā pṛcchati ko 'si ti* (I, 5). Même avec la leçon : *taṃ brahmāha ko 'si ti*, l'interprétation par Brahman demeure encore celle qui s'indique. On peut comparer la Chānd. Up. : *tad dhaitad brahmā prajāpataya uvāca* (III, 11, 4, et VIII, 15, 1).

parmi tous, celui qui nous intéresse ici, le palais Aparājita, *aparājitam āyatanam* (I, 5).

Dont nous avons, comme on sait, une réplique dans la Chānd. Up. (VIII, 5, 3). Il nous est dit là, et ceci appartient clairement au courant d'idées d'où pro cède la précédente description, qu'il y a dans le brahma loka deux mers, Ara et Ṇya, et que ce brahmaloka est dans le troisième ciel à partir d'ici-bas. Et là se trouve la citadelle du brahman Aparājitā : *aparājitā pūr brahmaṇaḥ.* Nous avons déjà rencontré l'étang Āra et ce n'est pas la seule ressemblance entre la description de la Kauṣītaki Up. et celle de la Chāndogya. Ici encore se trouve un arbre, de nom différent, il est vrai : c'est un figuier, appelé Somasavana. Et il paraît bien que l'expression *prabhuvimitam*, qu'on peut lire *prabhu vimitam*, corresponde, comme on l'a fait remarquer dès longtemps [1], au *vibhu pramitam*, la salle Vibhu, contenu dans l'énumération de la Kauṣītaki. Du reste, si les Apsaras ne sont pas ici mentionnées, celui qui atteint le brahmaloka n'y perd rien : car il a toute liberté dans tous les mondes (*ib.*, 4), et parmi les mondes dont peut jouir après cette vie celui qui connaît ici-bas l'ātman (VIII, 1, 6), le strīloka n'est pas oublié (VIII, 2, 9).

De ces citations, jointes aux remarques qui les ont précédées, nous pouvons conclure à une vieille conception plaçant dans le monde du brahman, situé dans les hauteurs des cieux, une demeure,

---

[1] Cf. *Ind. Stud.*, I. p. 397, n. 3.

citadelle ou palais ou quoi ce soit du même genre,
·désignée par le terme *aparājita*[1]. Je regarde comme
bien probable que la citadelle qualifiée par le même
terme au vers 33 de notre texte n'est autre chose que
cette même demeure. Et qu'elle se trouve être à la fois
l'inexpugnable citadelle des devas n'y saurait faire
obstacle. La conception du brahmaloka ne se forma
pas, ainsi que je l'ai noté, comme celle d'un monde
séparé du svarga loka : qu'il en soit la plus haute
cime, comme paraît le supposer la Kauṣītaki Up.,
il donne place cependant, nous l'avons vu, non pas
seulement à des dieux suprêmes, Indra et Prajāpati,
mais aux Apsaras; la Chānd. Up. nous parle des
dieux qui sont dans le brahmaloka (VIII, 12, 6);
la Bṛh. Ar. Up. déclare qu'il y a trois mondes, celui
des hommes, celui des Pères, celui des devas, et
que ce dernier est le meilleur, *devaloko vai lokānāṃ
śreṣṭhaḥ* (I, 5, 16), regardant ainsi, dans ce passage,
le monde du brahman comme inclus dans celui des
devas. Maintes fois d'ailleurs, dans les anciennes
upaniṣads, revient la pensée d'aller chez les dieux,
d'atteindre le svarga loka, laquelle atteste que l'on a
l'impression de trouver les dieux dans le monde du
brahman [2]. Dans ces conditions, c'était chose fort

[1] Dont la conception a pu être empruntée au monde *aparājita*-
d'Indra (Kauṣ. Br., XX, 1).

[2] Ainsi :

Kaus. Up., II, 14 : *sa tad gacchati yatraite devās tat prāpya yad
amṛtā devās tad amṛto bhavati ya evaṃ veda.*

Ibid., II, 15 : *svargāñl lokān kāmān āpnuhi* (dit le fils au père
dans la cérémonie du *pitāputrīyaṃ sampradānam*).

naturelle qu'il advînt que la citadelle du brahman fût aussi regardée comme citadelle des dieux.

Nous plaçons ainsi la citadelle du brahman et des dieux dans le ciel. Qu'elle soit environnée d'immortalité, rayonnante, etc., ne fait pas difficulté. Quant aux deux épithètes *aṣṭácakra, návadvāra*, il faut convenir qu'il n'y a aucune raison de rejeter leur application à une citadelle céleste. Que cette citadelle soit conçue comme munie de roues, c'est-à-dire capable de se déplacer, peut provenir de cette idée, vieille dans l'Inde, qu'une des qualités de la béatitude consiste à se mouvoir au gré de son désir : le Ṛg Veda compte l'*anukāmáṃ cáraṇam* parmi les sujets de félicité que l'on trouve dans le ciel (IX, 113, 9). Que les dieux jouissent dudit privilège sans quitter leur citadelle, qu'elle ait ainsi quelque chose des divins vimānas qui abondent dans la littérature plus tardive, ne peut, je crois, soulever d'invincible objection. Quant au motif qui a fait choisir ici un composé formé avec *aṣṭa* plutôt qu'avec tout autre nombre, peut-être repose-t-il sur une comparaison d'ordre cosmique; on pourrait, par exemple, penser aux *diś* comptées au nombre de huit, mais toute conjecture sur ce point reste nécessairement incertaine : il se peut aussi d'ailleurs qu'*aṣṭácakra* n'indique ici

Ait. Up., V, 4 : *sa etena prajñenātmanāsmāl lokād utkramyāmuṣmint svarge loke sarvān kāmān āptvāmṛtaḥ samabhavat.*

Bṛh. Ār. Up., I, 5, 1 : *yo vai tām akṣitiṃ veda so 'nnam atti prátīkena | sa devān apigacchati sa ūrjam upajīvati ||*

Chānd. Up., VIII, 3, 3 et 5 : *ahar-ahar vā evaṃvit svargaṃ lokam eti.*

4.

guère plus que la vélocité, à l'instar, par exemple, de l'épithète *aṣṭápad* dans A. V., X, 1, 24, où celle-ci semble bien employée dans un pareil but : « Si tu es venue bipède, quadrupède, toute préparée par le sorcier, omniforme, d'ici, étant devenue octipède, retourne-t-en, mauvaise·fortune[1] », c'est-à-dire va-t-en plus vite encore que tu n'es venue.

Pour le nombre neuf, choisi comme celui des portes de la citadelle, je crois bien probable que son explication est dans le rapprochement conçu entre *púr* et *púruṣa*, lequel se trouve d'ailleurs énoncé deux fois dans l'hymne (28 et 30). Il convient du reste de remarquer que ce nombre neuf semble avoir servi de base à l'imagination hindoue dans la formation de certains nombres assez inattendus attribués aux portes de ville : c'est ainsi que Sūrpā-raka a dix-huit portes[2]; Sudarśana, la ville des trente-trois devas, neuf cent quatre-vingt-dix-neuf[3].

Venons maintenant au *kóśa*. Je dois noter que le vers 27 nous parle d'un *devakóśá* qui est la tête d'Atharvan, malheureusement tout le passage comprenant les deux vers 26-27 est lui-même trop obscur pour nous être ici de quelque secours. Nārā-aṇa dans son commentaire sur la Śiras Up. où se

---

[1]
  yády eyátha dvipádī cátuṣpadī
  kṛtyākṛtā sámbhṛtā viśvárūpā |
  sétè 'ṣṭápadī bhūtvá
  púnaḥ párehi duchune ||

[2] *sūrpārakasya nagarasyāṣṭādaśa dvārāṇi* (Divyāvadāna, p. 45).
[3] *sudarśane nagare chonadvārasahasram* (ibid., p. 220).

retrouvent ces deux vers explique *atharvaṇaḥ śiraḥ*
par *etad grantharūpam* : il n'y a pas à insister. C'est
une interprétation beaucoup plus sérieuse que celle
admise par M. Deussen dans *Allg. Gesch. der Phil.*,
I, 1, p. 269 : je dois dire, toutefois, qu'elle n'en-
traîne pas ma conviction. En tout cas, pour lui, le
devakośá est la tête de l'homme, non pas, comme il
l'admet pour le *kóśa* en question, le cœur.

Que le terme *kóśa* puisse désigner le cœur, cela
est incontestable : à l'appui de quoi je ne voudrais
cependant pas citer le vers bien connu de la Muṇḍ.
Up., II., 2, 9 : *hiraṇmaye pare kose virajaṃ brahma
niṣkalam*, etc., parce qu'il ne m'est pas démontré
que le texte entend parler là du cœur. Mais, d'autre
part, rien ne s'oppose à ce que ce même terme s'applique au soleil, que nous avons déjà vu figurer
comme *pātra* dans Bṛh. Ār. Up., V, 15 ; de la même
façon qu'il s'applique, semble-t-il, à la lune (cf. le
commentaire de Sāyaṇa) dans le vers III, 11, 4-5
du Taitt. Ār. [1]; où le rapprochement de cette seizième
partie (*kalá*) désignée comme « kośa d'or entouré de
l'espace » et du pied (*páda*) du ṣaḍḍhotar semble indiquer qu'il s'agit d'une kalā de ce pied, de même
qu'il est question, dans la Chānd. Up., IV, 5-8, des
quatre kalās de chacun des quatre pieds du brahman, parmi lesquelles, justement, sont comptés la

---

[1]
suvárṇaṃ kóśaṃ rájasā párivṛtam |
devánāṃ vasudhánīṃ virájam |
amŕtasya pūrṇáṃ tám u kalám ví cakṣate |
pádaṃ ṣáḍḍhotur ná kílā vivitse ‖

lune et le soleil (et aussi le manas, etc., mais non le cœur).

Je crois donc vraiment probable que le *kóśa* qui se trouve dans la citadelle des dieux et du brahman est le soleil. Et sans doute celui-ci, que l'on a identifié au brahman lui-même, a bien pu être aussi conçu comme placé dans le monde du brahman. Il est clair que cette conception ne répond pas à nos idées cosmographiques; il suffit toutefois de remarquer que, dans le cas présent, la position du soleil n'est guère plus extraordinaire que celle, par exemple, que lui assigne la Bṛh. Ār. Up., VI, 2, 15, en le plaçant entre le monde des devas et, après un intermédiaire, les mondes du brahman. Quant aux épithètes du *kóśa,* celles du vers 31, à savoir qu'il est d'or, céleste, entouré de lumière, s'appliquent parfaitement au soleil : reste à en examiner deux autres, données par le vers 32, *tryàra, tripratiṣṭhita.*

La seconde s'explique assez facilement. On se souvient que les textes védiques nous parlent parfois du soleil comme consolidé ou comme solidement établi. Ce dernier point de vue se trouve en particulier exposé sous différentes formes par Śat. Br., X, 2, 4, 3-6. Or le paragraphe 4 dudit texte déclare que le soleil est *prátiṣṭhita* sur les quatre régions cardinales et les trois mondes, qui, dans ce passage, sont dits les sept mondes des dieux : *(asáv ādityáḥ) saptásu devalokéṣu prátiṣṭhitaḥ saptá vai devalokás cátasro diśas tráya imé loká eté vai saptá devalokás téṣv eṣá prátiṣṭhitaḥ.* Nous pouvons ainsi croire que *tripratiṣṭhita* se réfère au *kóśa* soleil comme fondé sur les trois mondes.

L'épithète *tryàra* trouvera son explication dans la relation inverse. Nous lisons, Ṛ. V., I, 164, 14, que tous les mondes ont leur point d'attache au soleil : *súryasya cákṣū rájasaity ávṛtaṃ tásminn árpitā bhúvanāni víśvā*. Il est permis de penser que *tryàra* exprime la même idée : le soleil a trois rais, parce que les trois mondes s'y attachent comme les rais au moyeu. Ou peut-être encore *tryàra* doit-il s'entendre des trois saisons : c'est ainsi que *páñcāra*, qui semble désigner les cinq saisons, exprime un attribut solaire dans Taitt. Ār., III, 11, 8 (où *pṛthú* est, selon moi, adverbe) : *páñcāraṃ cakráṃ pári vartate pṛthú hiraṇyajyotiḥ sarirásya mádhye* « la roue à cinq rais accomplit sa large révolution, brillante comme l'or, au milieu de l'océan (céleste). »

Quant au *yakṣá*, la forme merveilleuse qui est animée et se trouve dans le soleil, il n'est pas difficile me semble-t-il, de la désigner. C'est le puruṣa qu'il contient, que nous apprenons à connaître dès les brāhmaṇas (Cf. Kauṣ. Br., VIII, 3 ; Śat. Br., VII, 4, 1, 17 ; X, 5, 2, *passim*), et dont la Chānd. Up., le décrivant (I, 6, 6-7), nous dit qu'il est d'or jusqu'au bout des ongles, y compris la barbe et la chevelure. C'est ce même puruṣa que nous avons vu recouvert par le disque brillant du soleil qualifié de vase d'or : le pātra de Bṛh. Ār. Up., V, 15, est ici un kóśa. Et qu'ici encore il soit possible que ce puruṣa représente le brahman, représentation dont

l'idée semble d'ailleurs suffisamment ancienne
comme l'indique le passage du Kauṣ. Br. ci-dessus
allégué [1], rien n'y contredit, semble-t-il ; et je ne
voudrais pas le nier.

A. V., X, 7, 38.

mahád yakṣáṃ bhúvanasya mádhye
tápasi krāntáṃ salilásya pṛṣṭhé |
tásmiṃ chrayante yá u ké ca devā́
vṛkṣásya skándhaḥ parita iva śā́khāḥ ||

C'est au skambha, l'étai, qu'est consacré l'hymne
X, 7, lequel est regardé comme formant un tout
avec X, 8. Dégagée des considérations incidentes,
la notion de ce skambha, telle qu'elle semble résulter
de notre hymne (X, 8, n'y ajoute rien); est la sui-
vante. Le skambha est le soubassement universel
sur lequel repose toute chose : terre, atmosphère,
ciel, et le temps, et les astres, et les dieux. Non
qu'il soit conçu comme un support extérieur aux
êtres qu'il soutient : il est en eux, au contraire, les
ayant pénétrés, sans qu'à les pénétrer, toutefois, il
épuise toute son étendue (cf. vers 8). Mais, d'autre
part, de même qu'il est en toute être comme soutien,
tout être est aussi en lui : *skambhá* (padapāṭha :
skambhé) *idáṃ víśvaṃ bhúvanam ā́ viveśa* (35); *ásac
ca yátra sác cā́ntaḥ* (10). Toutefois il n'est pas conçu

---

[1] *yam etam āditye puruṣaṃ vedayante sa indraḥ sa prajāpatis tad
brahma.*

comme l'émetteur de l'être : celui-ci est Prajāpati distingué du skambha au vers 7, où ce dieu est dit avoir fondé tous les mondes sur le skambha; au vers 8 où, en propres termes, est attribuée à ce dieu l'émission de toutes choses, celles d'en haut, celles d'en bas, celles du milieu, dans lesquelles a pénétré en partie le skambha; on peut ajouter le vers 41, où le Prajāpati secret (*gúhyaḥ prajāpatiḥ*) est dit celui qui connaît le roseau d'or, image du skambha[1]. Mais si le skambha n'est pas l'auteur de l'univers, il est, d'après tout ce qui précède, le principe sur lequel repose l'existence de l'univers et qui, pour lui soutenir cette existence, le pénètre de telle sorte que tout ce qui le compose y est réciproquement plongé et contenu.

Tout ceci regarde le monde physique : mais il

---

[1] Je dois reconnaître cependant qu'au vers 17 il est dit : *yó véda paramesṭhínam yáś ca véda prajāpatim | jyesṭhám yé bráhmaṇam vidús té skambhám anusáṃviduḥ.* Ainsi qui connaît Prajāpati connaît consécutivement (c'est le sens qui me semble le plus exact) le skambha. Mais je dois dire aussi qu'une pareille formule n'établit pas inévitablement l'identité des objets connus, c'est-à-dire pour le cas présent, de Prajāpati et du skambha. Je ne me place pas au point de vue logique, de ce côté c'est assez évident, je parle du fait. C'est ainsi que dans un chapitre de la Bṛh. Ār. Up., sur lequel j'aurai à revenir plus loin, il est dit que celui qui connaît le sūtra et l'antaryāmin connaît les mondes (*sa lokavit*), les êtres (*sa bhūtavit*) etc., mais à l'explication il se trouve que le sūtra est Vāyu et que l'antaryāmin qui est l'ātman est différent de chaque chose : *pṛthivyā antaraḥ,* etc. (B. Ā. U., III, 7). Parlant tout à l'heure de l'équivalence du skambha au *jyesṭhám bráhma* je n'apporterai donc pas en témoignage ce vers 17, d'autant que je ne suis nullement sûr que dans nos deux hymnes *bráhmaṇa* et *bráhman* soient de sens identique.

faut s'attendre à ce que le skambha de l'univers
soit aussi celui des choses religieuses et morales, la
liturgie, l'ascétisme, etc., et il en est en effet ainsi.

Quant à l'entité couverte par ce nom d'étai, il
semble bien d'après les vers 32, 33, 34, 36, cf. 24;
cf. X, 8, 1, que ce soit le *jyeṣṭhám bráhma*. En tout
cas, il me paraît beaucoup moins certain qu'à
M. Deussen (*Allg. Gesch. der Phil.*, I, 1, p. 314)
que le skambha soit réellement l'ātman mentionné
au vers final (44) de X, 8. Que cette longue suite
de quatre-vingt-huit vers formée par les deux hymnes
ait voulu réserver pour son dernier mot le vrai nom
de l'étai, cela n'est pas impossible sans doute :
mais rien ne le prouve, et il est, à dire le moins,
tout aussi possible que la mention de l'ātman
vienne audit vers simplement parce que le précédent (X, 8, 43) a parlé du *yakṣám átmanvát* et
que l'idée d'*átmanvát* a amené celle de l'*átmán*.
Nous aurons à revenir sur ce vers X, 8, 43.

Pour terminer ce qui regarde la notion du skambha, je ne vois pas, pour ma part, que cet hymne
X, 7, se prête à une conclusion d'identité du skambha et du soleil; ils sont même distingués formellement au vers 12 : *yátrāgníś candrámāḥ súryo vátas
tiṣṭhanty árpitā skambhám tám,* etc. Notre vers 38
peut sans doute s'entendre du soleil, et je reviendrai
sur ce point tout à l'heure, mais il peut aussi suggérer l'image d'une colonne qui s'élève sur la surface
de l'océan céleste, et cette interprétation est favorisée par la seconde moitié du vers.

Que le vers, par ailleurs, ait pour objet le skambha, résulte de sa teneur même, puisqu'il s'agit de l'appui des dieux. Le *yakṣá* sera donc ce *jyeṣṭháṃ bráhma*
qu'est le skambha. La traduction de *yakṣá* par
« forme merveilleuse » ou « merveille » se justifie ici
par la description même que donne du skambha
notre vers, que je rends comme il suit :

La grande merveille au milieu du monde s'est élevée au
sein d'un éclat brûlant (ou de l'ascétisme, cf. 36) sur le
dos de l'océan (céleste); les dieux, quels qu'ils soient, s'y
appuient, comme au faîte de l'arbre, tout à l'entour, les
branches.

Ainsi que je le disais plus haut, nous pouvons
entendre que le skambha est conçu là comme colonne ardente, de même qu'il est représenté comme
colonne brillante au vers 41 qui en fait un roseau
d'or debout sur l'océan : *vetasáṃ hiraṇyáyaṃ tiṣṭhan-
taṃ salilé*. Il faut toutefois reconnaître que dans ces
dernières expressions on peut voir là représentation
du skambha sous l'image d'Agni ou du soleil, surtout si l'on admet avec Sāyaṇa que dans le vers R. V.,
IV, 58, 5, dernier pāda : *hiraṇyáyo vetasó mádhya
āsām* (les torrents de ghṛta), le roseau d'or est Agni
éclair ou Agni soleil[1].

Et maintenant, en ce qui concerne le soleil, il est
clair que notre vers, même traduit comme ci-dessus,
s'applique fort bien à lui : à plus forte raison, si l'on
traduit *kram* par « cheminer ». Que le soleil soit au

---

[1] Noter cependant la variante *mádhye agnéḥ*, Vāj. Saṃh., XIII,
38; Mait. Saṃh., II, 7. 17.

milieu du monde ne fait pas difficulté : *eṣá imaú lokáv ántareṇa tapati. . . . vyàdhve hy èṣá itáḥ*, dit le Sat. Br., IX, 2, 3. 14-15. En outre, la fonction d'étai n'est pas étrangère au soleil : j'ai eu déjà l'occasion de citer le vers du Ṛg Veda (I, 164, 14) d'après lequel tous les mondes s'y appuient, et dans le même recueil il est proprement qualifié de skambha : *divá skambháḥ sámṛtaḥ pāti nákam* « dressé en étai du ciel il garde la voûte céleste » (IV, 13, 5). Nous allons voir du reste en traitant du vers X, 8, 15, à quel point cette notion d'étai peut se rattacher au soleil. Cependant, à mon avis, la composition du présent hymne X, 7, qui serre d'assez près son objet principal et ne semble se relâcher que vers la fin, ne nous autoriserait pas à supposer ici une digression en faveur du soleil. Mais ce qui est possible c'est que, bien que le skambha soit, comme nous l'avons vu, tout autre chose que le soleil, nous ayons dans notre vers une description de ce skambha sous les traits du soleil-étai ; il est possible même que le vers, composé d'abord en l'honneur du soleil, ait été introduit tout fait dans l'hymne pour y être appliqué au skambha. Dans ces conjonctures, *yakṣá* désignerait directement le soleil, indirectement le skambha ; le sens du terme d'ailleurs demeure le même. Et la supposition que tel soit ici le rôle du terme *yakṣá* est à son tour favorisée par le fait que si, au vers X, 8, 15, le *mahád yakṣám bhúvanasya mádhye* (la même expression que dans notre vers X, 7, 38) désigne le skambha, il ne le désigne que de cette façon, c'est-à-dire indirectement, et se réfère directement au soleil. C'est ce que nous allons maintenant exposer.

A. V., X, 8, 15.

dūré pūrṇéna vasati
dūrá ūnéna hīyate |
mahád yakṣáṃ bhúvanasya mádhye
tásmai balíṃ rāṣṭrabhŕ́to bharanti ‖

J'ai déjà rappelé que l'hymne X, 8 est regardé comme également consacré au skambha et faisant suite au précédent. Il importe de se souvenir toutefois que les deux hymnes diffèrent notablement. L'hymne X, 8 ne s'occupe ouvertement du skambha que dans les deux premiers vers, dont le premier le désigne sous l'appellation de *jyeṣṭháṃ bráhma*. Suivent quarante et un vers plus ou moins énigmatiques, suivis eux-mêmes du vers final où est nommé l'ātman. Dans cette série de quarante et un vers, où il est en somme fort peu question d'étaiement, du moins d'une façon explicite, il semble certain que le soleil (avec ses connexes, Agni, l'aurore, les divisions du temps) joue un rôle important, pour ne pas dire capital. Et même, exception faite pour le vers 11 [1], dans tous les cas où, à partir du vers 3, il s'agit d'une fonction quelconque qui rappelle un étai,

---

[1] Il s'agit dans ce vers de la conjonction de l'être mobile et de l'immobile, de l'animé et de l'inanimé, en un seul être que rien ne désigne spécialement comme le soleil.

celui auquel se trouve attribuée cette fonction est dépeint en des termes qui s'appliquent au mieux au
soleil, ou du moins peuvent fort bien s'appliquer à
lui : ce que j'essaierai de faire voir tout à l'heure,
allant droit pour l'instant à la conclusion.

En insistant sur le caractère réaliste de notre
hymne, je n'entends nullement nier qu'il pour-
suive, au cours de ses énigmes compilées, l'idée de
ce *jyeṣṭhāṃ brāhma* qui étaie le monde : il y a des
signes d'intention mystique, au contraire; ainsi, au
vers 14 qui précède immédiatement celui qui fait
l'objet de cette discussion, et où le porteur d'eau
peut fort bien être encore le soleil, dont le Ṛg Veda
(X, 27, 21) mentionne le *pūrīṣa*[1], il est déclaré du
dit porteur d'eau que tous le voient par les yeux,
mais que tous ne le perçoivent pas par l'esprit. Il
n'en est pas moins vrai que nous avons parmi ces
vers un certain nombre de petites descriptions qui
ne se réfèrent par elles-mêmes qu'à des choses de
l'ordre naturel, et n'atteignent au delà que par l'intention supposée du rédacteur. C'est le cas de notre
vers qui s'applique directement au soleil.

En effet. Comme le suggérait avec hésitation
Ludwig (*der Rigveda*, III, p. 396), comme l'admet entièrement M. Henry (*Les livres X, XI et XII*

---

[1] Cf. les eaux «avec lesquelles est le soleil» (Ṛ.V., I, 23, 17);
celles «qui sont en haut dans la splendeur du soleil» (III, 22,
3), le soleil étant censé attirer à lui l'eau qu'il évapore; aussi
est-ce lui qui dans le monde de là-bas porte le pluie : *sūryeṇa vā
amuṣmiñl loké vṛṣṭir dhṛtā* (Taitt. Br., I, 7, 1, 1).

de l'Atharva-Véda, p. 29), il semble bien que le premier demi-vers fasse allusion à la lune : rien du reste ne nous contraint de prendre là *pūrṇá* au sens strictement astronomique. Il est simplement opposé à *ūná,* dont le contraire, *ánūna,* désigne aussi la lune dans un vers du livre VII qui vise le *darśá* (81, 3), sans doute par une sorte d'antiphrase propitiatoire. Le second pāda exprime bien la marche du croissant s'éloignant du soleil : c'est par l'abandon de celui-ci que la lune commence son cours : *tyajato 'rkatalaṃ śaśinaḥ paścād avalambate yathā śauklyam* etc. (Bṛhatsaṃhitā, IV, 3). Il est vrai que, lors du décours, le croissant se rapproche au contraire du soleil; mais ce serait être bien rigoureux que de refuser à notre vers le droit de ne décrire qu'une partie du phénomène, celle qui du reste frappe, d'ordinaire, le plus.

Pour l'expression *bhúvanasya mádhye,* je renvoie à ce qui a été dit précédemment à propos du vers X, 7, 38. Quant au dernier pāda il signifie l'hommage rendu au soleil à l'instar d'un roi. Car il est la divine souveraineté, le suzerain de tous les êtres : *ādityo vai daivaṃ kṣatram āditya eṣāṃ bhūtānām adhipatiḥ* (Ait. Br., XXXIV, 2, 2). Sans doute il est dit du skambha, au vers 39 de l'hymne précédent, que les dieux lui présentent le tribut : *yásmai deváḥ sádā balíṃ prayáchanti;* mais nous voyons d'autre part qu'il y a autour du soleil des dieux qui sont des *rāṣṭrabhṛ́taḥ,* les siens naturellement : *yé devá rāṣṭrabhṛ́to 'bhíto yánti súryam* (XIII, 1, 35); et pourquoi

le soleil ne recevrait-il pas le tribut, quand il est
reçu, sans sortir de l'Atharva Veda, par la terre
(XII, 1, 62), par exemple, ou Agni (XI, 1, 6)?

De tout ceci je conclus que notre vers vise directement le soleil, qui est ainsi le *yakṣá*. Quant à l'entité transcendante qu'est le skambha, il n'en peut
être ici question qu'en tant que le soleil est censé la
figurer. Je traduis :

Elle habite, à longue distance, avec la pleine (lune),
elle est abandonnée à longue distance par la (lune) incom-
plète, la grande merveille au milieu du monde : à celle-ci
les feudataires apportent le tribut.

Notre interprétation trouve un appui dans le fait
que nombre des vers énigmatiques du présent hymne
peuvent s'expliquer par le soleil; en particulier
comme je l'ai dit, ceux, sauf la restriction faite plus
haut, où il est question de soutien ou de support :
arrêtons-nous maintenant à ces derniers.

Vers 3. De fait il ne s'agit guère d'étaiement dans
ce vers; je le cite pourtant, parce qu'à le vouloir
absolument, on pourrait peut-être en soupçonner ici
l'idée. Je ne vois aucune raison de refuser pour les
tisráḥ prajáḥ et les *anyáḥ* une interprétation telle que
celle donnée de R.V., VIII, 90 (101), 14, par le
Śat Br. (II, 5, 1, 1-4) : rien ne saurait interdire à
notre vers de faire allusion à une légende, celle que
raconte ce brāhmaṇa ou une autre analogue.
Ainsi donc, « trois groupes de créatures allèrent par
delà; les autres prirent place autour de la lumière ».

La lumière, même à ne pas rendre *arká* par soleil, peut fort bien signifier ce dernier : toutes les créatures sont rangées autour de lui, car nous avons vu qu'il est au milieu du monde. Qu'il soit sublime, qu'il mesure l'espace, ne fait pas difficulté. Quant à la fin du vers : *hárito hárinīr á viveśa* « le jaune a pénétré les (femelles) jaunes », j'adopte encore ici volontiers une interprétation semblable à celle du Śat. Br. (II, 5, 1, 5) au sujet de Ṛ. V., VIII, 90 (101), 14 (où *haritaḥ* au lieu de *hárinīḥ*) : *díśo vai haritaḥ*. De fait le soleil pénètre de ses rayons les régions de l'espace. *Hárita* peut fort bien être accepté comme appellation du soleil; *hárinī*, pour désigner les régions de l'espace, vient de soi-même, une fois qu'elles sont conçues comme les femelles du *hárita*.

Vers 6. *Áviḥ sán nihitaṃ gúhā*. L'opposition est ici simultanée plutôt que successive : quoique manifeste, il est caché. Le soleil, en effet, a un éclat brillant et un éclat noir : *anantám anyád rúśad asya pắjaḥ kṛṣṇám anyád dharitaḥ sáṃ bharanti* (Ṛ. V., I, 115, 5). Durant le jour il présente à la terre sa face brillante, au ciel sa face noire, faisant ici-bas la lumière, là-haut l'obscurité; visible ici-bas, invisible là-haut : inversement durant la nuit (cf. Ait. Br., XIV, 6, 6-10). Il est donc à la fois manifeste et caché. Le reste va de soi : le soleil peut être dit vieux sans doute, encore qu'il soit dit ailleurs, et tout aussi bien, toujours jeune; c'est un grand séjour, car il reçoit les morts qui méritèrent d'y prendre place, et nous l'avons vu identifier au séjour des dieux; je n'ai pas à revenir sur son rôle d'appui.

Vers 9. La coupe dont l'ouverture est horizontale, dont le fond est en haut et qui contient toute sorte d'éclat, s'explique parfaitement par le soleil que nous avons déjà vu figurer comme *pātra* et comme *kośa;* pour les sept ṛṣis qui siègent là on peut comparer, Ṛ. V., X, 154, 5, les ṛṣis qui, sages aux mille voies, gardent le soleil.

Vers 14 : voir p. 454. — Vers 18 (= XIII, 2, 38; 3, 14) : l'assimilation du soleil à un oiseau, sa vue universelle, sont trop connues pour qu'il y ait à insister.

Vers 19. J'ai déjà parlé de l'identification du soleil au brahman : il est aussi le satya : *satyám eṣá yá eṣá tápati* (Śat. Br., XIV, 1, 2, 22), et encore le prāṇa : *udyann u khalu vā ādityaḥ sarvāṇi bhūtāni praṇayati tasmād enaṃ prāṇa ity ācakṣate* (Ait. Br., XXV, 6, 3). En tant que comprenant toutes ces entités, on peut dire qu'il luit d'un éclat ardent au moyen de la vérité, qu'il regarde au moyen du brahman et respire au moyen du souffle. Il semble bien d'ailleurs que notre vers fasse allusion à la triade Sūrya, Vāyu, Agni, dont il reconnaît les activités dans un seul être, le premier d'après notre explication.

Vers 24. S'agit-il ici d'étaiement? En tout cas

l'étayeur serait un dieu qui brille, *devó rocate*, et le soleil se trouverait dès lors prendre rang dans la question. De fait il semble que ce vers obscur puisse s'interpréter de lui. On peut traduire ainsi : « Cent, mille, dix mille, cent millions, une foule innombrable s'est posée en lui comme son bien propre : ils frappent ceux qui portent les yeux sur ce (bien) qui lui appartient (*tád asya*); c'est grâce à lui (ce bien), de cette manière, que ce dieu brille. » Et les rayons du soleil, considérés comme réunis en son disque avant leur divergence, seraient le mot de l'énigme : ils constituent le bien propre de cet astre, aveuglent qui les regarde, et forment sa splendeur. — Y aurait-il de plus ici allusion aux âmes des justes dont la foule va former les rayons du soleil[1]?

Vers 34. Pour l'intervention de la māyā divine à propos du soleil, on peut comparer Ṛ. V., V, 63, 4; X, 88, 6. Le soleil peut être dit fleur des eaux aussi bien qu'il est dit lotus : « Agni, en vérité, est le lotus de cette (terre)-ci; Āditya, de ce (ciel) là-bas » (Śat. Br., IV. 1, 5, 16)[2]. Nous avons dit de même plus haut qu'il n'était pas impossible que le vetasa d'or de X, 7, 41, fût métaphore solaire[3].

---

[1] Cf. Śat. Br., I, 9, 3, 10 : *yá eṣá tápati tásya yé raśmáyas té sukṛtaḥ.*

[2] *agnír evásyai púṣkaram ādityò 'múṣyai.*

[3] Ce que je ne rappelle pas, du reste, pour suggérer que l'*apáṃ púṣpam* de notre texte soit le vetasa. Il est bien dit, Mait. Saṃh., III, 3, 6; Taitt. Saṃh., V, 4, 4, 2 : *apáṃ vá etát púṣpaṃ yád vetasáḥ;* mais ce n'est là qu'une de ces formules égalisantes qui pul-

Vers 36. Naturellement celui qui, étant le porteur, prend pour sa part le ciel, est le soleil, mis en
énumération qu'il est avec celui qui se revêt de la
terre : Agni, et celui qui fait le tour de l'atmosphère : Vāyu.

Vers 3 7-38. « Qui connaîtrait le cordon tendu
auquel sont enfilées ces créatures, qui connaîtrait
le cordon du cordon, connaîtrait le grand brāhmaṇa. — Moi, je connais le cordon tendu auquel sont enfilées, etc. » On lit dans le Śat. Br.
que le soleil enfile les mondes à un cordon :
asắv evắ tắd ạdityắ imằṃ lokắnt sắtre samắvayate[1]
(VII, 3, 2, 1 3). Nous pouvons voir dans ce cordon
celui que mentionnent nos vers. Le cordon est Vāyu,
d'après le Śat. Br., XIV, 6, 7 (Bṛh. Ār. Up., III,
7), et comme il ressort également du même Śat.
Br. au lieu ci-dessus cité. Car il s'agit là du cheval
blanc flairant les briques « naturellement perforées »

lulent dans les brāhmaṇas et n'entendent nullement définir, mais
seulement identifier ; en d'autres termes, ce texte ne restreint nullement à la désignation du vetasa l'emploi d'*apằṃ pắṣpam*, pas
plus que l'emploi d'*apắṃ yóniḥ* ou d'*apắṃ rūpắm* n'est restreint
à l'avakā par ce qui est dit un peu plus haut au même paragraphe
de la Maït. Saṃu. : *apắṃ vắ eṣắ yónir yắd ávakā; apắṃ vắ ɩtắd rūpắm
yắd ávakā.* De fait, quand une formule d'oblation qui se retrouve
à diverses places (cf. Tāṇḍ. Br., I, 6, 8; Taitt. Br., III, 7, 1 4,
2-3; Lāṭ. Śr. S., III, 2, 8) s'exprime ainsi : *apằṃ puṣpam asy oṣa-
dhīnằṃ rasaḥ,* etc., ce n'est pas sans doute à un roseau qu'elle
prétend assimiler le soma ou l'ājya, et ce n'est pas non plus dans
ce sens que l'interprète le commentaire de Sāyaṇa.

[1] Sāyaṇa : *maṇivat samāvayate samyak protān karoti.*

(*svayamātṛṇṇáḥ*), lorsqu'on construit l'autel d'Agni : le cheval faisant passer son souffle dans les briques est assimilé au soleil faisant passer le cordon à travers les mondes; le cordon est donc mis en regard du souffle, et rien de plus juste que d'y voir Vāyu. On sait d'ailleurs que le cheval blanc est une figure authentique du soleil : déjà le Ṛg Veda nous parle du beau cheval blanc qu'amène l'aurore[1]; et le Śat. Br. ne manque pas au lieu cité (VII, 3, 2, 13, cf. 10; 12; 16) d'affirmer leur équivalence, et y revient à d'autres reprises[2].

Quand au cordon du cordon, il peut désigner l'être qui soutient le cordon, comme le cordon soutient les mondes, et par conséquent le soleil qui tient le cordon auquel il enfile.

Ce même hymne présente de nouveau le terme *yakṣá* au vers 43, dont les deux derniers pādas sont identiques aux deux derniers de X, 2, 32.

A. V., X, 8, 43.

puṇḍárīkaṃ návadvāraṃ
tribhír guṇébhir ā́vṛtam |
tásmin yád yakṣám ātmanvát
tád vai brahmavído viduḥ ‖

M. Geldner traduit les deux premiers pādas :

---

[1] *śvetáṃ náyantī sudṛ́śīkam áśvam* (Ṛ. V., VII, 77, 3).

[2] Je renvoie, pour l'indication des passages, à *Ind. Stud.*, XIII p. 247, n. 3.

« Die neunthorige Lotusblume, die von den drei Guṇas umhüllt ist » (*Ved. St.*, III, p. 128); et est de l'opinion que le *puṇḍárīka* est le cœur, pris toutefois, à cause de l'épithète *návadvāra*, avec le corps qui l'enveloppe : le *yakṣá* est le brahman. Et sans doute on peut entendre le texte de cette façon; surtout, car autrement on ne voit pas bien pourquoi l'ensemble du cœur et du corps serait dit enveloppé des trois guṇas, si l'on admet avec M. Garbe (*die Sāṃkhya-Philosophie,* p. 13) que dans ce vers les trois guṇas ne sont pas ceux du Sāṃkhya, et que l'expression *tribhir guṇébhir ắvṛtam* signifie simplement, suivant que l'interprète, et tout au moins avec beaucoup de vraisemblance, le dictionnaire de Saint-Pétersbourg (s. v° *guṇa,* b) « triplement enveloppé » : pour M. Garbe, la triple enveloppe se compose de la peau, des ongles et du système pileux, qui servent de couverture au corps humain. Admise cette explication des deux premiers pādas, qui est possible, on pourrait aussi entendre par le *yakṣá* ce puruṣa qui brille dans le cœur : *hṛdy antarjyotiḥ puruṣaḥ* (Bṛh. Ār. Up., IV, 3, 7). En tout cas, désignant ce puruṣa ou directement le brahman, il signifiera toujours une forme merveilleuse.

Pour ma part, à parler du sens primitif du texte, je crois plutôt avec M. Henry qu'ici encore nous avons affaire au soleil, auquel, nous l'avons vu, notre hymne fait de fréquentes allusions. Cependant non pas au soleil uniquement.

A vrai dire, notre vers se présente comme étroitement lié aux vers 31-32 de l'hymne X, 2; et il est juste d'adopter ici une interprétation en rapport avec celle admise là. Nous avons là : *návadvārā devánām pū́ḥ; tásyām. . kóśaḥ. . jyótiṣā́vṛtaḥ; tásmin yád yakṣám ātmanvát tád vaí brahmavído viduḥ*. Notre vers 8, 43 résume dans le *puṇḍárīka* la citadelle des devas et du brahman et le kośa-soleil. Sans quitter nos anciens textes, ce rôle du *puṇḍárīka* figurant des objets célestes nous est connu d'ailleurs : *yáni puṇḍárīkāṇi táni divó rūpám táni nákṣatrāṇām rūpám* (Śat. Br., V, 4, 5, 14); et nous avons déjà vu d'autre part le soleil représenté par la « fleur des eaux », le puṣkara, peut-être le vetasa. Nous pouvons donc admettre que le *puṇḍárīka* représente ici la citadelle renfermant le soleil; il est ainsi *návadvāra*. Qu'il soit triplement entouré se laisse facilement expliquer : car nous pouvons estimer sans doute que cet ensemble du soleil et de la citadelle du brahman se trouve favorisé au moins autant que la vache du brahmane qui est enveloppée de vérité, de beauté, de gloire : *satyénā́vṛtā śriyá prā́vṛtā yáśasā párivṛtā* (A. V., XII, 5, 2); et justement l'hymne X, 2 fait le *kóśa* entouré de lumière (31); ce qui convient aussi bien à la citadelle elle-même; la citadelle, d'immortalité (29); de gloire (33). Que notre vers vise de fait ces trois enveloppes ou d'autres du même genre, ou une seule entourant triplement, peu importe; la voie d'interprétation reste la même.

Quant au *yakṣá*, la forme merveilleuse, il sera comme pour X, 2, 32, le brillant puruṣa qui est dans le soleil, ou si on le préfère, cette splendeur qui est le brahman. La traduction sera :

Le lotus à neuf portes, triplement entouré, la forme merveilleuse animée qui est dans lui, en vérité ceux qui connaissent le brahman la connaissent.

A. V., XI, 2, 24.

*túbhyam āraṇyāḥ paśávo mṛgā váne hitā́
haṃsāḥ suparṇāḥ śakunā́ váyāṃsi |
táva yákṣaṃ paśupate apsv àntás
túbhyaṃ kṣaranti divyā́ ā́po vṛdhé ||*

Ce vers est adressé à Rudra qui y porte le nom de « maître des troupeaux ». Au point de vue métrique *váne* paraîtrait interpolé, mais la comparaison avec XII, 1, 49, suggère plutôt que nous avons dans *āraṇyāḥ*, etc. une formule toute faite mise en œuvre dans le vers : ce qu'étant admis, *túbhyam* ne semble pas régi par *hitā́ḥ* qui fait partie de cette formule. J'estime que *táva*, se trouvant en regard de *túbhyam* du premier et du quatrième pāda, signifie non « de toi » (ton *yakṣá*), mais « à toi » (appartient le *yakṣá*). Je traduirai donc :

Pour toi sont les animaux des bois, les bêtes placées dans la forêt, les flamants, les oiseaux de proie, les grands oiseaux, les petits oiseaux ; à toi la merveille, ô Paśupati, (qui est) au sein des eaux ; pour toi coulent les eaux célestes, pour te fortifier.

Le *yakṣá* est inclus dans une énumération d'objets matériels : il n'y a guère de doute qu'il en soit un lui-même. Il y a un ordre apparemment voulu dans cette énumération, telle que la présente notre vers : d'abord les bêtes qui sont sur la terre, puis les oiseaux qui volent dans l'air, ensuite le *yakṣá* qui est dans les eaux : ces eaux, comme il semble, sont les eaux célestes qui terminent la série donnée par le vers. Le *yakṣá* peut donc être le soleil, comme l'admet ici encore M. Henry (*Les livres X, XI et XII de l'Atharva-Véda,* p. 144) : pour ma part, je suis porté à croire que la lune est plutôt indiquée. Pour la lune *apsv àntáḥ* pas de difficulté : on peut se rappeler R. V., I, 105, 1 : *candrámā apsv àntár á suparṇó dhāvate divi* (= A. V., XVIII, 4, 89); VIII, 71 (82), 8 : *yó apsú candrámā iva sómaś camūṣu dádṛśe.* Ma raison d'admettre qu'elle se trouve désignée ici, plutôt que le soleil, est que le *yakṣá* en question appartient à Rudra.

On sait qu'un certain nombre des attributs extérieurs ou physiques de Śiva, sans parler du côté moral, se constate de bonne heure, les mêmes ou les analogues, dans Rudra. Śiva reçoit l'appellation d'« habitant des montagnes » *giriśa,* et autres du même genre, il est réputé pour la disposition en forme de kaparda de sa chevelure, il a trois yeux, sa gorge est de couleur bleu noire, il est vêtu d'une peau de bête, porte à la main le pināka, est accompagné des gaṇas. En regard de ces particularités, je rappellerai les expressions suivantes appliquées à Rudra dans le chapitre du Śatarudriya du Yajur Veda, que je cite d'après la Taitt. Saṃh., IV, 5, 1 et suivants :

girisá (1, 2; 5, 1) et autres de même sorte[1]; *kapardín*
(1, 4; 5, 1; 9, 1; 10, 1; cf. Ṛ. V., I, 114, 1 et 5);
sahasrākṣá (1, 3, et 4; 5, 1; cf. dans notre hymne
même, les vers 3, 7, 17); *nílagrīva* (1, 3; 5, 1);
kṛttim vásānaḥ (10, 4; cf. *kṛttivāsaḥ* dans la formule
eṣá te rudra bhāgáḥ etc., I, 8, 6, 2); *pínākaṃ bíbhrat*
(10, 4-5; cf. *pínākahasta*, I, 8, 6, 2); ajoutons *sáha-
gaṇa* (Mait. Saṃh., II, 9, 10; cf. le *gáṇapatya* de
Rudra, Vāj. Saṃh., XI, 15) : du reste on sait assez
que Rudra est chef de bandes : c'est à ses associés
que va une bonne partie des invocations du Śatarudriya; et notre hymne même adresse aux armées de
ce dieu son dernier vers. Sans doute il n'y a pas
équation parfaite entre tous ces traits de Rudra et
ceux sus-mentionnés de Śiva : le nombre des yeux,
quoique anormal dans les deux cas, est loin d'être
le même[2]; en outre je dois noter qu'auprès de *nílagrīva* (5, 1) on trouve *śitikáṇṭha*, où *śiti*, bien
entendu, signifie « blanc » : les analogies ou ressem-
blances demeurent frappantes, cependant. Maintenant nous savons que d'assez bonne heure Śiva nous

[1] Cf. *girir vai rudrásya yónih* (Mait. Saṃh., I, 10, 20). Cette
phrase, correspondant dans le texte à l'invitation, précédemment
adressée à Rudra, *paró mújavató 'tíhi*, montre de plus que la Mait.
Saṃh. entendait par cette dernière formule l'envoi de ce dieu à
une région montagneuse comme à son lieu propre, d'où il est
permis d'inférer chez les autres saṃhitās la même conception
dans l'emploi de la même formule, interprétée du reste générale-
ment dans un sens semblable.

[2] C'est l'interprétation d'un autre qualificatif de Rudra passé à
Śiva, *tryambaka*, par «à trois yeux», qui paraît avoir fixé à trois
pour ce dernier leur nombre.

est dépeint comme portant en diadème la lune sur sa tête, et rien n'établit d'ailleurs que ce trait soit de source non aryenne. En présence des analogies que je viens de rappeler, et qui nous montrent les attributs de Śiva issus pour une bonne part de ceux de Rudra, il est donc permis, semble-t-il, de se demander si nous n'avons pas dans notre texte un témoignage de la première phase d'une conception qui, mettant d'abord Rudra en relation avec la lune, aboutit à placer celle-ci sur la tête de Śiva.

Au surplus, il est peut-être possible d'indiquer comment s'établit cette relation de la lune et de Rudra. On sait qu'il en existe une, ancienne, sur laquelle M. Hillebrandt a justement insisté (*Ved. Myth.*, I, p. 353) entre Soma et Rudra ou les Rudras. Le Ṛg Veda présente un certain nombre de couples de divinités : Rudra y est associé sous cette forme à Soma seul, dans l'hymne VI, 74 qui leur est consacré. Et cette association est aussi rituelle : on offre le *somāraudraś caruḥ* (*saumā°*) [cf. Mait. Samh., II, 1, 5 et 6; Taitt. Samh., II, 2, 10; Śat. Br., V, 3, 2, 1]. D'après cela, Soma est naturellement au nombre des divinités qui reçoivent l'épithète *rudrávant* (cf. A. V., XIX, 18, 3; Mait. Samh., II, 2, 6; Taitt. Samh., II, 2, 11, 6). Dans le Śatarudriya se trouve la formule d'hommage, remarquable à cette place : *námaḥ sómāya ca rudrā́ya ca* (cf. Taitt. Samh., IV, 5, 8, 1), et cette invocation à Rudra : *ándhasas pate* (cf. *ibid.*, 10, 1). De plus nous voyons Soma uni aux Rudras en face des principaux dieux unis à d'autres

groupes; cela, soit dans les invocations : *agníḥ pra-
thamó vásubhir no avyāt sómo rudrébhir abhi rakṣatu
tmánā | índro marúdbhir ṛtudhá kṛṇotv ādityair no
várunaḥ sám śiśātu* (Taitt. Saṃh., II, 1, 11, 2 ; cf.
Mait. Saṃh., IV, 12, 2); soit dans la légende :
deváḥ. . . . caturdhá[1] *vy àkrāmann agnír vásubhiḥ
sómo rudraír índro marúdbhir váruṇa ādityaíḥ* (Taitt.
Saṃh., II, 2, 11, 5 ; cf. Mait. Saṃh., II, 2, 6 ; III,
7, 10).

Maintenant, quelque opinion que l'on tienne au
sujet de la thèse de M. Hillebrandt sur l'identification
de la lune et de Soma dans le Ṛg Veda, il est indis-
cutable et du reste admis qu'il existe des traces d'une
telle identification dans les parties tardives de ce
recueil : au début de l'hymne X, 85 tout au moins.
En dehors du Ṛg Veda l'identification est maintes
fois formellement exprimée par les textes védiques;
pour rappeler quelques exemples : *sómo mā devó
muñcatu yám āhúś candrámā iti* (A. V., XI, 6, 7);
sómo vai candrámāḥ (Mait. Saṃh., II, 1, 5); *sómaḥ
pūrṇámāsaḥ* (Taitt. Saṃh., II, 2, 10, 2); *sómo vai
candrámāḥ* (Taitt. Br., I, 4, 10, 7); *eṣá vai sómo rájā
devánām ánnaṃ yác candrámāḥ* (Śat. Br., II, 4, 4,
15), etc. Ainsi Rudra était en relation spéciale avec
Soma, et Soma s'identifiait avec la lune : une relation
put donc s'établir tout naturellement entre cette
dernière et le premier.

---

[1] Taitt. Saṃh., VI, 2 2, 1 : *pañcadhá,* par l'addition de *bṛhas-
pátir víśvair devaíḥ,* sur quoi cf. Śat. Br., III, 4, 2, 1.

A. V., XI, 6, 10.

*dívaṃ brūmo nákṣatrāṇi
bhúmiṃ yakṣáṇi párvatān |
samudrá nadyò veśantás
té no muñcantv áṃhasaḥ ‖*

Ce vers se retrouve Mait. Saṃh., II, 7, 13.
M. Henry (*op. cit.*, p. 118 et 155) et M. Bloomfield
(*Hymns of the Atharva-Veda*, p. 161) regardent ici
yakṣá comme un nom propre : il s'agirait des Yakṣas.
M. Geldner (*op. cit.*, p. 142 suiv.) pense que le
terme désigne ici les « Naturwunder und Naturschön-
heiten ». Mon interprétation s'accorde fort avec
celle-ci.

J'estime en effet, pour ma part, qu'il n'y a aucune
raison de chercher à *yakṣá* dans notre texte un autre
sens que celui de « forme merveilleuse, merveille ».
Celles dont il est ici question étant mentionnées
après *bhúmi* semblent dès lors se rapporter à la terre :
elles ne sont pas toutefois nécessairement confinées
à sa surface, mais peuvent aussi comprendre la lune
qui l'éclaire, le soleil qui l'illumine (l'un et l'autre,
nous l'avons admis, sont des *yakṣá*) et encore tout
ce qui dans l'atmosphère est de nature à émerveiller
le regard.

C'est dans ce sens que je traduis :

Au ciel nous adressons l'invocation, aux constellations, à
la terre, aux formes merveilleuses, aux monts : les océans[1],
les rivières, les étangs, qu'ils nous délivrent de la détresse !

[1] Morphologiquement, on pourrait voir dans *samudrá* un accu-

V. S., XXXIV, 2.

*yéna kármāṇy apáso manīṣíṇo
yajñé kṛṇvánti vidátheṣu dhírāḥ |
yád apūrváṃ yakṣám ántáḥ prajánāṃ
tán me mánaḥ śivásaṃkalpam astu ||*

Ce vers fait partie, comme on sait, de la Śivasaṃ-
kalpa Upaniṣad, formée des six premiers vers de
Vāj. Saṃh., XXXIV.

Ici le *yakṣá* est le manas, qui est le *jyótiṣāṃ jyótir
ékam* (vers 1), le *jyótir antár amṛ́taṃ prajásu* (vers 3).
L'interprétation de *yakṣá* par « forme merveilleuse,
merveille » ne semble donc pas souffrir difficulté, et
je traduis :

Celui par qui, actifs et réfléchis, les sages opèrent les
rites lors du sacrifice, lors des cérémonies cultuelles; qui est
la merveille sans première au dedans des créatures; que cet
esprit, qui est mien, soit favorablement disposé !

T. B., III, 11, 1, 1 suiv.

*tváyīdám antáḥ | viśvaṃ yakṣám viśvaṃ bhūtám
viśvaṃ subhūtám.*

Le texte du Taitt. Br., III, 11, 1, 1-21, contient
les mantras relatifs à la mise en place des vingt et

satif, soit pluriel neutre (cf. R. V., VI, 72, 3), soit duel. Toutefois
le padapāṭha a : *samudráḥ;* et cf. le troisième pāda du vers 15 qui
présente, dans les mêmes conditions, le nominatif. Dans la Mait.
Saṃh., *samudrán, reśantán.*

une briques d'or (ou bien pierres dorées) employées pour le nāciketacayana : à chaque brique correspond un mantra. Chacune d'elles est identifiée respectivement au monde, au tapas etc., et dans chaque mantra revient la formule ci-dessus, sauf la modification subie par le pronom initial, lorsqu'une des briques est identifiée à une dualité ou à une pluralité.

Cette formule, à la fois mystique et laudative, par le fait même qu'elle est laudative laisse fort bien traduire *yakṣá* par « forme merveilleuse » ou « merveille », expressions qui ne semblent pas déplacées à côté de *subhūtá* « prospérité ».

Je comprends donc :

En toi est cet univers : toute merveille, tout être, toute prospérité.

T. B., III, 12, 3, 1.

prathamajáṃ deváṃ haviṣā vidhema
svayambhú bráhma paramáṃ tápo yát |
sá evá putráḥ sá pitá sá mātá
tápo ha yakṣáṃ prathamáṃ sáṃ babhūva ‖

Le commentaire nous donne ce vers comme une yājyā pour l'offrande du caru au tapas. Le tapas est le dieu premier-né : un dieu peut être traité de « forme merveilleuse », d'autant que ce dieu est à la fois ici le *svayambhú bráhma*, et je rappelle que nous avons reconnu le brahman comme « forme merveilleuse » dès le Ṛg Veda (Ṛ. V., I, 190, 4). Le tapas étant le dieu premier-né, on pourrait comprendre aussi qu'il fût la première « apparition », je préfère toutefois la première interprétation. Ainsi donc :

Honorons par l'offrande le dieu premier-né : savoir, le brahman existant par lui-même, le suprême tapas. C'est lui le fils; lui, le père; lui, la mère. Le tapas vint à l'être comme la première forme merveilleuse.

Ś. B., XI, 2, 3, 5.

té haité brâhmaṇo mahatî yakṣé | sá yó haité brâh-maṇo mahatî yakṣé véda mahád dhaivá yakṣáṃ bhavati.

Il s'agit du nom et de la forme : le nāman et le rūpa sont les deux grands *yakṣá* du brahman. Le brahman s'en est allé à l'autre côté du monde ; *bráhmaivá parārdhám agachat (ibid.,* 3); et c'est par le nom et la forme qu'il est redescendu dans ces mondes-ci : *dvábhyāṃ evá pratyávaid rūpéṇa caivá nâmnā ca (ibid).* Le nom et la forme sont donc les deux représentants du brahman en ce monde : comme tels, ils peuvent être qualifiés de formes merveilleuses du brahman, c'est-à-dire par lesquelles il est censé se manifester au regard[1]. D'où la tra-duction :

Ce sont là les deux grandes formes merveilleuses du brahman. Celui qui sait que ce sont là les deux grandes formes merveilleuses du brahman devient une grande forme merveilleuse.

[1] Cf. p. 393, n. 2. — A côté de la prière conçue comme «forme merveilleuse» (cf. ce que nous avons dit au sujet de Ṛ V., I, 190, 4, on ne peut refuser une pareille conception pour le nāman.

G. B., I, 1, 1.

brahma ha vā idam agra āsīt svayambhv[1] *ekam eva
tad aikṣata mahad vai yakṣaṃ tad ekam evāsmi hantā-
ham mad eva manmātraṃ dvitīyaṃ devaṃ nirmimā*[2]
iti.

Mahad vai yakṣam, etc., a été traduit, dubitati-
vement, dans l'introduction de Rājendralāla Mitra au
Gop. Br., p. 12 : « I alone exist as the highly adorable »; par Böhtlingk (*Ber.,* p. 12) : « Dass ich dieses
Einzige bin, ist ja eine gewaltige Spukerschei-
nung »; par M. Geldner (*op. cit.,* p. 130) : « Das ist
wahrhaftig ein grosses Wunder, ich bin ganz allein
diese Welt ». Je crois, pour ma part, qu'au point de
vue de la construction, la traduction donnée par
l'éditeur hindou est la plus exacte. Je suis d'avis, en
effet, que nous avons ici affaire à une de ces phrases
où *ta* se réfère à un membre de phrase regardé
comme absolu, qui le précède; comme, par
exemple : *áhaḥ sántam upāṃśúm | tám rátrau juhoti*
Sat. Br., IV, 1, 2, 13); cf. Delbrück, *Alt. Synt.,*
p. 215. Je rapporte d'ailleurs *ekam eva* à *tad.* Nous
savons que le brahman est une « forme merveilleuse », et je n'insisterai plus désormais sur ce
point.

---

[1] Correction de M. Geldner à l'édition de la *Bibliotheca indica,*
op. cit., p. 130; n. édition : *svayan tv e°,* avec indication de la
variante *svayambhavekam* de trois mss.

[2] Correction de Böhtlingk (*Ber. d. kön. sächs. Ges. d. Wiss.,*
1896, I, p. 12). Édition : *nirmama.*

La traduction sera :

En vérité au commencement l'univers c'était le brahman, existant par soi-même, tout seul. Il considéra : « Je suis une grande forme merveilleuse, en vérité, toute seule. Allons! il faut que je tire de moi-même un second dieu pareil à moi. »

C'est-à-dire une autre grande forme merveilleuse. Alors le brahman peine et s'échauffe, une moiteur se forme sur son front, et il s'écrie :

mahad vai yakṣaṃ suvedam avidāmahīti[1]

« Nous avons trouvé à peu de frais une grande forme merleuse, en vérité. »

B. Ā. U., V, 4.

sa yo haitan mahad yakṣaṃ prathamajaṃ veda satyaṃ brahmeti jayatīmāñl lokāñ jita in nv asāv asad ya evam etan mahad yakṣaṃ prathamajaṃ veda satyaṃ brahmeti.

Celui qui sait que cette grande forme merveilleuse est la première-née, estimant que le brahman est la réalité, conquiert ces mondes. Peut-il donc être vaincu celui qui sait ainsi que cette grande forme merveilleuse est la première-née, estimant que le brahman est la réalité ?

Au point de vue qui nous occupe, ce texte n'appelle aucune nouvelle observation. Il en est de même du texte suivant.

----

[1] Correction de Whitney, *Gram.*, n° 848, a. Böhtlingk (*op. cit.*, p. 13) propose *avidam aham iti*. Édition : *avidāmaha iti*.

Ke. U., III, 2 suiv. (J. U. B., IV, 20, 2 suiv.).

tebhyo ha pradur babhūva tan na vyajānanta kim idaṃ yakṣam iti.

Il s'agit du brahman se manifestant aux dieux :

Il se manifesta à eux; ils ne le reconnurent pas : « Qu'est-ce que cette forme merveilleuse ? », dirent-ils.

Le terme revient dans la suite du texte avec le même sens : il s'agit de savoir *kim etad yakṣam* et l'on ignore *yad etad yakṣam.*

K.S., XCV, 1.

atha yatraitāni yakṣāṇi dṛśyante tad yathaitan markaṭaḥ śvāpado vāyasaḥ puruṣarūpam iti tad evam āśaṅkyam eva bhavati.

Nous avons affaire dans ce texte aux mauvais présages énoncés en seconde place au paragraphe XCIII : *yakṣeṣu.*

Ceux-ci s'adressent particulièrement au regard : *yakṣāṇi dṛśyante.* Parmi eux est mentionné le *puruṣarūpa.* La suite du texte, qui reprend le *markaṭa,* le *śvāpada* et le *vāyasa,* remplace le *puruṣarūpa* par le *puruṣarakṣasa.* D'après cela, l'être à forme humaine en question est un homme-démon : d'où il semble bien que nous devions comprendre ici par *puruṣarūpa* « un (démon) à forme humaine ».

Si le *puruṣarūpa* est tel, il est fort croyable que le

singe, la bête féroce, la corneille sont aussi des êtres démoniaques sous les formes de ces animaux. Il s'agit donc de démons apparus au regard sous ces aspects ou d'autres encore (interprétation non rejetée du reste par M. Geldner, *op. cit.*, p. 140) et le sens « apparition » convient ainsi parfaitement à notre terme. Je traduis :

Maintenant quand s'offrent à la vue ces apparitions, par exemple, un singe, une bête féroce, une corneille, un puruṣarūpa, alors il y a les mêmes craintes à avoir.

G. G. S., III, 4, 28.

ācāryaṃ sapariṣaṭkam abhyetyācāryapariṣadam ikṣate yakṣam iva cakṣuṣaḥ priyo vo bhūyāsam iti.

Le mantra est donné par le Mantrabrāhmaṇa, I., 7, 14. Dans son commentaire à ce brāhmaṇa, Satyavrata Sāmaśramin rapporte *cakṣuṣaḥ* non à *yakṣam*, mais à ce qui suit; c'est aussi dans ce sens que traduit M. Geldner (*op. cit.*, p. 140), et c'est également de la sorte que je comprends. Nous avons vu que d'après le Śat. Br. (XI, 2, 3, 5) c'est une faveur que de devenir une « grande forme merveilleuse ». Le brahmacārin souhaite ici à son tour de paraître comme une « forme merveilleuse ». On conçoit le prix attaché à la réalisation de ce désir; le brahman, nous l'avons vu, étant et se nommant lui-même « grande forme merveilleuse ». Sans doute le brahmacārin récite le mantra après s'être baigné, revêtu de vêtements neufs, paré, et couronné d'une

guirlande, et il y a un rapport nettement intentionnel entre tout cet appareil et le sens du mantra :
mais il est bien à croire que celui-ci renferme aussi
une allusion qui, par- delà la beauté corporelle, vise
la conformité avec le brahman. Je traduis :

Étant allé au maître accompagné de son entourage, il regarde l'entourage du maître, disant : puissé-je être aimable
à votre vue comme une forme merveilleuse !

J'arrête ici cette étude. Il n'entre pas dans mon
dessein d'examiner les rapports du *yakṣá* et des
Yakṣas. En terminant la sienne, M. Geldner s'exprime
ainsi : «*yakṣá* n. gehört zum Wesen der Yakṣas »
(p. 143). Le genre des valeurs que nous avons attribuées à *yakṣá* ferait cette proposition trop ambi-
tieuse sous notre plume. Mais on conçoit fort bien
cependant que ce terme, tel que nous l'avons compris, ait pu servir à former le nom d'une classe de
génies de la nature des Yakṣas, redoutés et beaux :
je me borne pour le présent à constater la possibi-
lité du fait.

ERNEST LEROUX, ÉDITEUR,

LIBRAIRE DE LA SOCIÉTÉ ASIATIQUE, ET DE L'ÉCOLE DES LANGUES ORIENTALES VIVANTES.

RUE BONAPARTE, N° 28.

OUVRAGES PUBLIÉS PAR LA SOCIÉTÉ ASIATIQUE.

JOURNAL ASIATIQUE, publié depuis 1822. (La collection est en partie épuisée.)
Abonnement annuel. Paris : 25 fr. — Départements : 27 fr. 50.
Étranger : 30 fr. — Un mois : 3 fr. 50.

COLLECTION D'AUTEURS ORIENTAUX.

VOYAGES D'IBN BATOUTAH, texte arabe et traduction, par MM. *Defrémery* et *Sanguinetti*, Imprimerie nationale. 1873-1879 (nouveau tirage), 4 vol in-8°. 30 fr.
INDEX ALPHABÉTIQUE POUR IBN BATOUTAH, 1893 (2e tirage), in-8° . . . . . . 2 fr.
MAÇOUDI. LES PRAIRIES D'OR, texte arabe et traduction, par M. *Barbier de Meynard* (les trois premiers volumes en collaboration avec M. *Pavet de Courteille*). 1861-1877, 9 vol. in-8° . . . . 67 fr. 50

CHANTS POPULAIRES DES AFGHANS, recueillis, publiés et traduits par *James Darmesteter*. Précédés d'une introduction sur la langue, l'histoire et la littérature des Afghans. 1890, 1 fort vol. in-8° . . . . 20 fr.
LE MAHÂVASTU, texte sanscrit publié pour la première fois, avec des introductions et un commentaire, par M. *Em. Senart*.
    Tome I, 1882, in-8° . . . . 25 fr.
    Tome II, 1890, in-8° . . . . 25 fr.
    Tome III, 1898, in-8° . . . . 25 fr.
JOURNAL D'UN VOYAGE EN ARABIE (1883-1884), par *Charles Huber*, 1 fort vol. in-8° illustré de dessins dans le texte et accompagné de planches et croquis. 30 fr.

MENG-TSEU, seu Mencium, Sinarum philosophum, latine transtulit *Stan. Julien*. Lut.-Par. 1824, in-8° . . . . 9 fr.
FABLES DE VARTAN, en arm. et en franç., par *Saint-Martin* et *Zohrab*, in-8°. 3 fr.
ÉLÉMENTS DE LA GRAMMAIRE JAPONAISE, par le P. *Rodriguez*, traduits du portugais par *C. Landresse*; précédés d'une explication des syllabaires japonais, par *Abel Rémusat*, avec un supplément, in-8° (épuisé) . . . . 7 fr. 50
ÉLÉGIE sur la prise d'Édesse par les Musulmans, par *Nersès Klaietsi*, publiée en arménien, par *J. Zohrab*, in-8° . . . . 4 fr. 50.
ESSAI SUR LE PÂLI, ou langue sacrée de la presqu'île au delà du Gange, avec six planches lithographiées et la notice des manuscrits pâlis de la Bibliothèque royale, par *E. Burnouf* et *Chr. Lassen*, 1 vol. in-8° (épuisé) . . . . 15 fr.
OBSERVATIONS sur le même ouvrage, par *E. Burnouf*, grand in-8° . . . . . . 2 fr.
LA RECONNAISSANCE DE SACOUNTALÂ, drame sanscrit et prâcrit de Calidasa, publié en sanscrit et en français, par *A.-L. Chézy*, 1830, in-4° . . . . 24 fr.
YADJNADATTABADHA, ou la mort d'Yadjnadatta, épisode extrait du Râmâyana, en sanscrit et en français, par *A.-L. Chézy*, 1 vol. in-4° . . . . 9 fr.
VOCABULAIRE DE LA LANGUE GÉORGIENNE, par *Klaproth*, in-8° . . . . 7 fr. 50
CHRONIQUE GÉORGIENNE, texte et traduction, par *Brosset*, 1 vol. in-8° . . . . 9 fr.
    La traduction seule, sans le texte . . . . 6 fr.
CHRESTOMATHIE CHINOISE, publiée par *Klaproth*, 1833, in-4° . . . . 9 fr.
ÉLÉMENTS DE LA LANGUE GÉORGIENNE, par *Brosset*, 1 vol. in-8° . . . . . . 9 fr.
GÉOGRAPHIE D'ABOU'LFÉDA, texte arabe, publié par *Reinaud* et *de Slane*, 1840, in-4° . . . . 24 fr.
RÂDJATARANGINÎ, ou Histoire des rois du Kachmir, publiée en sanscrit et traduite en français, par M. *Troyer*, 1840-1852, 3 vol. in-8° . . . . 20 fr.
PRÉCIS DE LÉGISLATION MUSULMANE, suivant le rite malékite, par *Sidi Khalil*; cinquième tirage, 1883, in-8° . . . . 6 fr.

9 782013 545555